Lutinerie !

Linda Joy Singleton

Traduit de l'anglais
par Laurette Therrien

AdA
jeunesse

Copyright © 2005 Linda Joy Singleton
Titre original anglais : Shamrocked!
Copyright © 2008 Éditions AdA Inc. pour la traduction française
Cette publication est publiée en accord avec Llewellyn Publications, Ltd.

Éditeur : François Doucet
Traduction : Laurette Therrien
Révision linguistique : Serge Trudel
Révision : Isabelle Veillette, Nancy Coulombe, Suzanne Turcotte
Design de la page couverture et illustrations de l'intérieur : Ellen L. Dahl
Illustration de la couverture : ©2004 Mike Harper/Artworks
Montage de la page couverture : Matthieu Fortin
Mise en page : Matthieu Fortin
ISBN 978-2-89565-683-8
Première impression : 2008
Dépôt légal : 2008
Bibliothèque et Archives nationales du Québec
Bibliothèque Nationale du Canada

Éditions AdA Inc.
1385, boul. Lionel-Boulet
Varennes, Québec, Canada, J3X 1P7
Téléphone :   450-929-0296
Télécopieur : 450-929-0220
www.ada-inc.com
info@ada-inc.com

Diffusion
Canada :	Éditions AdA Inc.
France :	D.G. Diffusion
	Z.I. des Bogues
	31750 Escalquens - France
	Téléphone : 05-61-00-09-99
Suisse :	Transat - 23.42.77.40
Belgique :	D.G. Diffusion - 05-61-00-09-99

Imprimé au Canada

Participation de la SODEC.   SODEC
Nous reconnaissons l'aide financière du gouvernement du Canada par l'entremise du
Programme d'aide au développement de l'industrie de l'édition (PADIÉ) pour nos activités
d'édition.
Gouvernement du Québec - Programme de crédit d'impôt pour l'édition de livres - Gestion
SODEC.

À Lori Welch, pour commémorer nos jeux mysté-
rieux, nos messages codés, nos langages secrets,
nos soirées de filles, nos chassés-croisés, tous les
anniversaires que nous avons fêtés ensemble en
trente ans d'amitié. Nos meilleures amies
mettent de la magie dans nos vies. Quel
privilège d'avoir une amie si spéciale !

Table des matières

Prologue
Défoulement

POURREZ-VOUS CROIRE À MA TERRIBLE, MINABLE, DÉGUEU-lasse et affreuse malchance ?

Je reviens d'un week-end si étrange que je ne peux même pas en parler à Rosalie, ma meilleure amie, parce que

a) j'ai fait une promesse, et

b) elle ne me croirait pas de toute façon.

Et alors, qu'est-ce que j'apprends ?

Rosalie s'est amusée comme une petite folle… sans moi !

— Je suis devenue membre du Club des Splendides, dit-elle en agitant sa queue de cheval noire comme si elle venait de se transformer en véritable diva. Il y a un tennis, un minigolf, une arcade et trois piscines ! La plus grosse piscine a la forme d'une baleine avec une glissoire qui descend tout le long de sa queue. Et le sauveteur, Marc Lynburn, est *tellllement cool* !

Marc est parfaitement *cool*, mais le tennis, le minigolf et les trois piscines sont encore *plus cool*. Alors, j'ai supplié mes parents de m'inscrire au Club des Splendides et, le croirez-vous ? Ils ont refusé !

Papa prétend qu'un club élitiste est « discriminatoire par rapport à certaines situations sociales et économiques, et que cela divise les membres d'une collectivité plutôt que de les rapprocher ».

Pour ce que ça veut dire !

Et Maman d'ajouter : « Pourquoi se rendre dans un club en voiture pour aller faire de l'exercice physique, si cela contribue à polluer davantage l'atmosphère ? Fais du vélo ou rafraîchis-toi sous les jets d'eau. »

Mon frère n'a pas aidé non plus. Lucas s'intéresse uniquement aux stupides cours d'art dramatique qu'il vient juste de commencer. Et en apprenant que les animaux n'étaient pas admis au Club des Splendides, ma petite sœur, Ambre, m'a laissée tomber pour aller s'amuser sous les jets d'eau avec Dribble, son canard.

J'étais donc seule contre mes parents ; je vous laisse deviner comment ça s'est terminé.

Mais ce n'est pas le pire qui m'est arrivé. Le pire s'est produit plus tard sous la forme d'une matière verte visqueuse, de pièges et de mystérieuses petites personnes.

Mes malheurs venaient juste de débuter…

Chapitre un
Splendide morosité

L'ÉTÉ BRILLAIT DE TOUS SES FEUX SOUS UN CIEL SANS nuage, et la rentrée en sixième année allait se faire dans deux mois et une semaine seulement. Je rêvais d'être en sixième depuis la maternelle. Je ne serais plus rejetée parce que j'étais dans la classe des petits. J'allais enfin être une grande de sixième année.

Mais voilà que je rentre d'un week-end de camping bizarroïde pour entendre une nouvelle plus puante encore que les vieilles chaussettes de mon frère et que le sandwich au thon qui traîne sous son lit depuis un mois. Puanteur maximale !

Parce qu'il y a trop d'élèves, les sixièmes fréquenteront l'école du premier cycle du secondaire. Loin d'être parmi les grands de sixième dans la cour d'école, je vais me retrouver au plus bas de la hiérarchie de l'école secondaire. Les grands de septième et de huitième mèneront le bal, et les chiens perdus seront plus respectés que les élèves de sixième.

Qu'est-ce que j'ai bien pu faire pour mériter une telle déconfiture ?

— Regarde le bon côté des choses, me conseilla Rosalie qui s'était arrêtée une minute chez moi, sur son chemin pour se rendre à son Club des Splendides. Elle avait jeté une serviette sur ses épaules, et sa peau déjà dorée avait pris une teinte cuivrée sous le soleil.

— Quel bon côté ? ai-je grommelé de mon perchoir sous le porche de la maison, où je boudais depuis des heures.

— L'an prochain, nous serons en septième et nous pourrons nous payer la tête des petits de sixième.

— Ne t'arrête pas là, ai-je répliqué, sarcastique. Dans cent ans, nous serons tous morts, changés en poussière et oubliés.

Rosalie se contenta de rire.

— Je sais ce qui te ferait du bien. Je vais demander un laissez-passer de visiteur à mon Club. Demain, tu viendras avec moi.

— *Si* mes parents m'en donnent la permission, ai-je ajouté en maugréant.

— Continue de leur demander, tu les auras à l'usure. Puis, jetant un coup d'œil à sa montre, elle laissa échapper un petit cri. Oh ! Marc, le sauveteur, commence son quart de travail dans cinq minutes. On se reparle plus tard, Cassie.

Et Rosalie se mit à courir pour se rendre à son rendez-vous avec une piscine en forme de baleine.

Le soleil, dans sa course, me frappa en plein visage, et je rentrai dans la maison.

J'ai entendu maman, dans la cuisine, chanter faux une chanson country, et l'odeur du pain pumpernickel m'a chatouillé les narines. Si maman me voyait en train de m'ennuyer ferme, elle me ferait manger quelque chose de bon pour la santé. Je me suis donc réfugiée dans ma chambre en faisant claquer la porte derrière moi.

Mon été va être un désastre, pensai-je en me laissant tomber sur mon lit défait. Tout le monde va s'éclater au Club des Splendides et moi, je vais tout rater. Et si Rosalie se faisait une nouvelle meilleure amie ? Elles iront se baigner et bavarderont ensemble. Elles démarreront leur propre Club des Splendides pour filles, et toutes les filles en feront partie. Sauf moi.

Plus que tout, je voulais être membre des Splendides.

Hélas, le seul moyen de le devenir serait de payer de ma poche, et j'avais moins de dix dollars d'économies. J'avais besoin d'argent. D'une grosse somme. Et vite.

Je boudais donc dans ma chambre, rêvant que je gagnais à la loterie, lorsqu'un gros BANG ! s'est fait entendre à ma porte.

Mais quand je suis allée ouvrir, il n'y avait personne.

Rien qu'une lettre sur le plancher.

Avec l'inscription : « Trésor ».

Chapitre deux
Un voleur de trésor

— J'AI PRIS TON TRÉSOR. SUIS LA CARTE OU PERDS TON trésor pour toujours.

J'ai relu la note. Quel trésor ? Quelle carte ? C'était une blague ou quoi ?

OK, Cassie, me suis-je dit, réfléchis bien pour comprendre de quoi il retourne.

Tout en me rafraîchissant sous le ventilateur du plafond, je me suis perchée sur le bord de mon lit et j'ai étudié le message. Griffonnée à l'encre noire sur du papier ligné, l'écriture était maladroite. Ambre pouvait écrire mieux que ça la tête en bas, les yeux bandés et de la main gauche. Mais Ambre était une maniaque de la perfection. Je veux dire, il n'y a qu'à regarder de son côté de la chambre. Pas un pli sur son couvre-lit, pas la moindre parcelle de poussière sur ses toutous en peluche, et le miroir de sa commode est éclatant de propreté.

(NE parlons PAS de mon côté de la chambre.)

« Trésor », ai-je murmuré en me rassoyant sur mon lit. Mais je ne possédais aucun écu d'or, aucun diamant et certainement pas de montagnes d'argent... Ah, si seulement c'était le cas !

Le seul objet spécial que je possédais était un *zillofax*, un cadeau de ma très extraterrestre amie, Vee. Mais mon *zillofax* (une serviette en plastique dont se servent les enfants de la planète de Vee pour transporter leurs cahiers) n'avait pas disparu. Il était là où je l'avais laissé, sur la pile de vêtements sales à côté de mon placard. Alors, que m'avait-on volé ?

Et tout d'un coup, ça m'a frappée. Fort ! Droit au cœur.

— Oh, non ! J'ai bondi. Pas le coffret de grand-maman !

J'ai sauté par-dessus mes patins à roues alignées et j'ai arraché la poignée du dernier tiroir de ma commode. Repoussant mes petites culottes roses, blanches et bleues, j'ai cherché la précieuse boîte en bois sculpté. Mes affaires les plus spéciales étaient cachées dans le coffret de grand-maman, des objets si secrets que personne d'autre ne devait jamais les voir.

Il fallait que le coffret y soit.

Mais il n'y était pas.

Où était-il ? *Où* ? OÙ ?

J'étais en train de mettre ma chambre sens dessus dessous quand quelqu'un a frappé à la porte.

— C'est pas fermé à clé ! ai-je crié, étendue à plat ventre sur le tapis, en train de fouiller dans le trou noir sous mon lit. Une civilisation entière pourrait être enterrée ici, et je ne la verrais même pas à travers les emballages de nourriture déchirés, les devoirs oubliés et les chaussettes dépareillées.

Trois autres coups à ma porte.

— ENTREZ ! ai-je hurlé.

Pas de réponse, seulement un dernier coup très fort.

— Il vaudrait mieux que ce soit important !

Je me suis précipitée sur la porte. C'était probablement Ambre qui voulait me jouer un tour. Ou peut-être Lucas, l'aspirant comédien. Ces derniers temps, il s'était fait pirate fier-à-bras. Il portait un bandeau sur l'œil et brandissait une épée de plastique mou.

J'ai ouvert la porte toute grande, mais il n'y avait personne. Par contre, en regardant par terre, j'ai remarqué une feuille de papier.

Je l'ai ramassée, puis j'ai essayé de comprendre la signification d'un dessin rudimentaire où l'on retrouvait d'étranges formes, des lignes sinueuses et des mots griffonnés au crayon.

C'était une carte au trésor.

Chapitre trois
Une grenouille, une girafe et 13 mains

J'AI ENFILÉ MES SANDALES, DISSIMULÉ MES CHEVEUX bruns sous un capuchon, puis je suis partie à la recherche d'un trésor.

Je me suis échappée de la maison sans problème et sans avoir à répondre à des questions gênantes. Papa se trouvait à des kilomètres de distance, dans son studio de télévision, travaillant à l'épisode hebdomadaire de son émission, *Je n'en crois pas un mot !* Maman se tenait dans la cuisine, occupée à faire cuire un gâteau pour la réunion de son club La Planète heureuse. Leur thème d'aujourd'hui était : « Les joies du compostage ».

Toutefois, impossible d'échapper à la chaleur intense. Comment allais-je survivre deux autres mois sans piscine ? Ça n'était encore jamais arrivé ! Je transpirais déjà suffisamment pour remplir un lac. D'ici la fin de l'été, il ne resterait plus rien de moi, à part un amas de vêtements et d'os détrempés.

Quelques blocs plus loin, je me suis adossée à une borne-fontaine pour étudier la carte. Que signifiaient ces cercles étranges, ces lignes et ces triangles irréguliers ? Hum… si les lignes sinueuses étaient des rues et les cercles des immeubles, les triangles pouvaient alors représenter les arbres. Un parc ? Le parc le plus proche était le Parc de la Gloire, qui jouxtait le Club des Splendides.

J'ai poussé un soupir. Je détestais être laissée pour compte. En ce moment, Rosalie s'ébattait dans l'eau fraîche sous le regard vigilant de Marc Lynburn. La plupart des filles de mon école étaient folles de lui. Même moi, bien que je ne l'aie jamais avoué à personne — excepté, bien sûr, à mon journal ultrasecret, que j'avais caché dans le coffret de grand-maman.

— Il faut que je retrouve ce coffret ! ai-je râlé.

Plus déterminée que jamais, j'ai étudié la carte au dessin sommaire. Des mots confus se chevauchaient au bas de la page : « girafe + eau, passé la grenouille sauteuse, N 2 rince-bouche, entre l'horloge 13 ».

— Euh ! Quel code étrange.

J'ai secoué la tête et failli entrer dans un panneau de circulation.

M'étant arrêtée pour regarder à gauche et à droite, j'ai traversé la rue pour me rendre au Parc de la Gloire. J'avais la peau moite, et cette marche à l'ombre des chênes et des érables m'avait un peu rafraîchie. Au loin, je distinguais des murs aussi impressionnants que les murailles d'un château, ainsi que des affiches au néon en forme de couronne où clignotaient les mots « Club des Splendides ». Une douce brise transportant une légère odeur de chlore et d'huile de coco me taquina les narines. Rosalie était probablement étendue sur une chaise longue pendant que le trop mignon Marc lui appliquait de la crème solaire.

Une branche craqua derrière moi.

Me retournant d'un coup, j'aperçus une tache brune qui disparut aussitôt derrière un épais taillis. Quelqu'un m'aurait-il espionnée ? Eh bien, il ne s'en sortirait pas comme ça !

Enfonçant la carte dans ma poche, je suis partie à la poursuite de mon espion. Je me suis baissée pour esquiver une branche basse, puis j'ai contourné le taillis en courant jusqu'à un chemin de gravier. Je l'ai emprunté, mais il se terminait en cul-de-sac sur une poubelle débordant de toutes parts. L'unique signe de vie dans le voisinage était un écureuil qui fouinait dans un sac à ordures éventré.

Un écureuil ? Serait-ce là mon espion ? me demandai-je, penaude. Le soleil était si brûlant que j'avais le cerveau comme de la guimauve.

Alors, je suis repartie à la recherche du coffret de grand-maman. Mon journal n'était pas la seule chose importante que j'avais cachée dans ce coffret. Il y avait des bijoux, comme la bague à opale de ma grand-tante Margaret, et une carte de la Saint-Valentin où il était écrit : « Je t'aime plus que les grenouilles. » Nathan me l'avait offerte en première année, parce que je l'avais embrassé. (C'était un pari, OK ?) Il y avait aussi ma collection de pièces de monnaies étrangères. Cela ne vaut pas grand-chose en devises américaines, mais le mark allemand, le rouble russe, la lire italienne et le florin hollandais sont super *cool*.

J'ai marché jusqu'à ce que j'arrive à un terrain de jeu. J'ai bu une grosse gorgée d'eau à la fontaine, puis je me suis reposée à l'ombre, sur un banc de pierre. Ayant déplié la carte, j'ai lu et relu tous les indices. Une girafe, une grenouille et du rince-bouche ? C'étaient les indices les plus nuls que j'avais jamais vus. Où étais-je censée trouver une girafe ? Le zoo le plus proche était situé à plus de quarante-cinq kilomètres de Sacramento.

La carte était une grosse farce… à mes dépens. Celui ou celle qui l'avait fabriquée se foutait proba-blement de ma gueule en ce moment même.

J'ai chiffonné la carte et l'ai jetée dans une poubelle.

— Je laisse tomber !

Et j'ai tourné les talons pour partir.

Soudain, il y eut un bruissement derrière moi.

Puis, quelqu'un est sorti des buissons et m'a empoignée.

Chapitre quatre
La carte de l'Ouest

MON ATTAQUANT ÉTAIT HABILLÉ EN PIRATE DE pied en cap : chapeau à plume, bandeau sur l'œil et fausse épée à la ceinture. D'accord, il était « étrange ». C'était l'étrange Lucas Étrange, mon frère théâtralement borgne.

— Cassie, tu ne peux pas laisser tomber, a-t-il protesté. J'ai bossé dur sur cette carte.

— C'était toi depuis le début ! Je pointai mon doigt sur lui. Espèce de... de... de VOLEUR !

— Oh, chère sœur, j'avoue mon coupabilité, dit-il en imitant l'accent mauvais des pirates. Mais c'était pour une noble cause. J'ai pillé sans malice, c'était un échange, pas un vol.

— Redonne-moi mon coffret !

— La carte va te mener à ton trésor.

— Tu appelles ça une carte ? Un singe aveugle avec les deux bras cassés pourrait faire mieux.

— Ce n'est pas la faute de la carte, mais de celle qui la lit. Hélas, j'ai surestimé tes talents de chercheuse.

— Rapporte-moi mon coffret tout de suite, ou je vais surestimer le nombre de morceaux que je peux faire avec ta petite personne !

— Ceux qu'ils z'utilisent la violence ont un cerveau âtrophié.

— Tu peux oublier ton stupide accent. Ce sont tes indices qui sont atrophiés.

Il laissa tomber l'accent.

— Mes indices étaient brillants, dit-il en me lançant un regard furibond avant d'aller récupérer la carte chiffonnée dans la poubelle. Ils étaient assez bons pour te mener jusqu'au Parc de la Gloire. Tu aurais pu trouver la solution si tu n'avais pas renoncé. Tu brûlais.

— À quel point ? ai-je demandé en essuyant la sueur sur mon front.

— Tu as bu de l'eau à la fontaine ; la fontaine a la forme d'une girafe.

— Euh ! J'ai regardé la fontaine en pierre. Un long cou, une queue et une tête de girafe. Lucas avait raison. Le petit futé !

— Tu vois ce jouet à ressorts sur le terrain de jeu ? Lucas gesticulait en pointant sa fausse épée. C'est une grenouille sauteuse verte. Le « N » veut évidemment dire d'aller vers le « nord » pour trouver le trésor. Ensuite, quel est le rince-bouche le plus populaire ?

— Je ne sais… oh ! Je me suis rappelé une chanson entendue à la télé : *Frais comme une averse estivale, Red-Rose tue les germes. Gargarise, rince et recrache : le rince-bouche Red-Rose, purement rafraîchissant !*

Lucas m'entraîna à l'autre bout du terrain de jeu, vers un jardin de roses.

OK, je me sentais comme une totale idiote. Je n'étais toutefois pas prête à l'avouer devant mon frère. Je détestais quand il faisait l'étalage de son QI. Il avait un an de moins que moi, mais comme il suivait le « programme pour surdoués », nous allions entrer en sixième en même temps.

— OK, Einstein. Et l'horloge ? Je lui faisais face, les mains sur les hanches. Ça n'existe pas, une horloge qui va jusqu'à 13.

— Si tu continues vers le nord à partir de la roseraie, qu'est-ce que tu vois ?

Je ne voulais pas le faire, mais j'ai regardé quand même. Ce n'était pas comme s'il y avait eu une vraie horloge ; c'était seulement une horloge décorative symbolisée par des pierres formant un cercle sur le sol. Deux flèches en bois marquaient l'heure. La grande était posée sur le chiffre un et la petite sur le trois.

Un et trois. Treize.

J'ai poussé une plainte.

— Entre le un et le trois, il y a le chiffre deux, dit Lucas en soulevant la grosse pierre qui indiquait le chiffre « deux ». Mon « trésor » était là, au fond d'un petit trou. Il me le tendit avec un sourire qui signifiait : « Je suis plus intelligent que toi. »

— Il vaudrait mieux que tout y soit, l'ai-je prévenu avant de soulever le couvercle pour vérifier.

— Je ne prendrais pas tes affaires débiles, dit-il sur la défensive. J'ai inventé ce jeu pour pouvoir améliorer mes talents d'acteur. Madame Bennett dit que j'ai un talent naturel.

— Madame Bennett ?

— Ma professeure d'art dramatique ; en tout cas, jusqu'à maintenant. Il fronça les sourcils. J'ai dit à maman et à papa que je n'avais pas le droit de manquer une seule leçon. Mais ils n'ont pas voulu m'écouter et m'ont ordonné de faire ma valise.

— Ta valise ? Je faillis renverser mon coffret. De quoi est-ce que tu parles ?

— Ils ne t'ont rien dit ?

— À quel sujet ?

— À propos du voyage de demain.

— Un voyage ? Demain ? Un horrible doute s'insinua dans ma tête. Est-ce que ça a quelque chose à voir avec l'émission de papa ?

— Oui. Il opina du chef et la plume sur son chapeau se mit à danser. Papa nous emmène à la montagne. À la chasse aux lutins.

Chapitre cinq
La fièvre du pot d'or

Aux LUTINS ? PERPLEXE, JE ME SUIS PRÉCIPITÉE À LA maison. Mais les lutins ne sont pas réels. Ils sont imaginaires, comme les fées et les dragons. On ne peut pas trouver un pot d'or au bout d'un arc-en-ciel, et il n'existe aucune petite créature qui puisse nous accorder tous nos vœux.

Bien sûr, les petits hommes verts n'étaient pas censés exister non plus. Vee, mon amie extraterrestre, n'était pas verte, mais de couleur argent, et elle existait bel et bien. Mais à part Ambre, j'étais la seule à l'avoir rencontrée. Et les souvenirs qu'Ambre aurait pu garder de notre étrange aventure

avaient été effacés. Mais l'avaient-ils vraiment été ?
Depuis notre séjour sous la tente, ma sœur s'était
mise à nous épier, comme si elle détenait un secret.

En arrivant à la maison, j'ai trouvé le salon
occupé par les membres du club La Planète heureuse.
Tout le monde écoutait maman qui parlait d'une
nouvelle pétition pour sauver les espèces rares
d'asticots. Maman était une adepte des pétitions,
même si cela m'apparaissait être une perte de
temps.

Papa avait l'habitude de revenir à la maison
pour le repas du midi, et je l'ai trouvé dans la
cuisine. Ouvrant la porte violemment, j'ai mis les
mains sur mes hanches et j'ai demandé :

— Est-ce que c'est vrai ?

Il a déposé son sandwich au fromage de chèvre
et m'a regardée avec une pointe d'amusement dans
ses yeux gris.

— Vrai, quoi ?

— Lucas vient de me le dire, ai-je articulé sur
un ton accusateur. À propos de la chasse aux lutins.

— On ne peut pas chasser quelque chose d'irréel,
dit papa avec un petit gloussement. Mais on peut
essayer de trouver la vérité derrière les histoires
étranges. De nombreuses personnes ont aperçu des

lutins sur le mont Shasta. C'est un canular, évidemment, et je le prouverai à mes spectateurs.

— Alors, on va vraiment faire un autre voyage ?

— Exact. On ne peut pas vous laisser avec vos grands-parents, puisqu'ils poursuivent leur séjour touristique en Europe. Alors, toute la famille sera du voyage. Fais tes valises, nous partons à la première heure demain matin.

— Mais, mais, je ne peux pas ! Je voulais aller avec Rosalie demain. Elle va m'apporter un laissez-passer gratuit pour le Club des Splendides.

— Désolé, ma chérie, dit-il en me tapotant la main. Tu iras une autre fois. J'ai déjà fait les réservations, et mon horaire est très serré.

— C'est pas juste ! ai-je lancé en jetant un regard furieux sur l'homme qui gâchait ma vie. Est-ce que je peux rester chez Rosalie ?

Papa se gratta le menton du bout des doigts, comme s'il y réfléchissait.

— Si tu ne veux vraiment pas faire ce voyage, je ne t'y forcerai pas.

— Merci ! Tu es le meilleur ! Je sautai de joie. J'appelle Rosalie tout de suite.

— Pas si vite, fit Papa en levant la main. D'abord, il faut que j'en parle avec ta mère. Ensuite, si elle est d'accord, tu pourras passer les prochains

33

jours dans la famille de Rosalie. Toutefois, je serais étonné que tu en aies envie.

— Pourquoi ?

— J'étais certain que tu serais excitée de faire ce voyage.

Une pointe de mystère dans sa voix venait de piquer ma curiosité. Je savais qu'il attendait que je pose d'autres questions. Mais je m'entêtais à me taire.

Je pensais : je n'ai vraiment *pas envie* d'aller à la chasse aux lutins. Même s'ils sont réels, ce n'est pas comme s'ils m'offraient de l'or ou de réaliser mes vœux. D'ailleurs, ils sont censés vivre en Irlande, non ? Alors, que font-ils tout à coup en Californie ?

Il y eut une longue pause, papa me fixant tandis que j'essayais de regarder au loin. Mais j'ai fini par flancher.

— Bon, d'accord, ai-je demandé, pourquoi donc est-ce que je voudrais y aller ?

— Parce que la base de plein air Trèfle d'Or offre tout le luxe dont on peut rêver.

— Une base de plein air ? Luxueuse ? Je repris espoir. Notre dernier voyage en famille s'était résumé à nous adapter à la vie sauvage, sans électricité et sans eau courante. J'avais fini par m'amuser, mais une fille peut toujours s'accommoder d'un peu de luxe.

Papa se mit alors à me décrire les lits immenses dans des chambres spacieuses munies de baignoires à remous, avec service aux chambres et un million de canaux de télévision. Tout ça sans parler de la piscine chauffée, des courts de tennis, des pistes de randonnée, du minigolf, du gymnase et d'une arcade.

Lorsqu'il s'est arrêté de parler, j'étais fascinée ; peut-être même que je salivais un peu. La base Trèfle d'Or me semblait dépasser de loin le Club des Splendides.

Rosalie en serait verte de jalousie.

J'ai bondi sur le téléphone pour l'appeler.

Chapitre six
Le secret d'Ambre

LE VOYAGE ÉTAIT *INTERMINAAABLE*, DE L'AUTOROUTE 5 jusqu'au mont Shasta. Et pas amusant du tout, car Lucas ronchonnait. Était-ce ma faute s'il ratait son cours d'art dramatique ? Il refusait de parler et lisait, imperturbable, une pièce intitulée *Songe d'une nuit d'été*.

Ambre n'était pas de meilleure compagnie. En bouclant sa ceinture sur le siège derrière moi, elle avait annoncé : « Je joue à la forteresse secrète. » Puis, elle avait disparu sous une couverture.

Au bout de soixante-dix kilomètres de rien à faire et d'ennui mortel sans personne à qui parler, j'ai donné un coup de coude à Lucas.

— Tu veux jouer au bingo d'auto ?

Mon frère n'a pas levé les yeux de sa stupide pièce de théâtre.

— Au jeu des plaques d'immatriculation ?

M'ignorant totalement, il a tourné une page.

— Tu peux commencer, lui ai-je offert.

Toujours pas de réponse.

— Tu joues le premier et tu peux même compter notre plaque de la Californie.

Il a refermé son livre et a ajusté la plume sur son chapeau.

— Bon… OK. Seul le plus ignoble des pirates pourrait faire fi des supplications d'une damoiselle en détresse. Puis, à travers la vitre, il a pointé un semi-remorque du doigt. Alabama ! Deux à zéro !

Une heure plus tard, le paysage avait changé : les champs dorés avaient cédé la place à des collines boisées, et j'avais perdu la guerre des États dans le temps de le dire. Dix-neuf à quatre ! Me croiriez-vous si je vous disais que Lucas avait même trouvé une plaque d'Hawaii ? Non mais, comment une automobile venue d'Hawaii avait-elle pu se retrouver ici ? À la nage ?

J'étais prête à agiter le drapeau blanc et à me rendre. Espérant qu'Ambre pourrait m'aider, je me suis contorsionnée sous ma ceinture de sécurité afin d'aller lui parler. Mais mes mots sont restés figés dans ma gorge quand j'ai aperçu, dépassant de la couverture, une longue queue recouverte de fourrure.

Ça ne ressemblait à aucune autre queue que j'avais déjà vue dans le passé. La fourrure soyeuse tourbillonnait tel un kaléidoscope de couleurs. J'ai d'abord pensé qu'il s'agissait d'un jouet, jusqu'à ce que j'entende un grognement musical. Puis, sans crier gare, la chose s'est retournée et j'ai vu cligner un gros œil pourpre.

Cette queue était en vie !

Soudain, tout prenait son sens : le comportement chafouin d'Ambre, sa façon de se cacher sous la couverture, le grognement musical. C'était un animal extraterrestre que ma charmante petite sœur avait fait sortir clandestinement du vaisseau spatial de Vee ! Elle ne savait sans doute pas qu'il venait d'une autre planète. Par contre, elle était assez intelligente pour le cacher, et assez sournoise pour garder le secret.

Exactement ce que je n'avais nulle envie de voir durant mes vacances dans une base de plein air de luxe. Le pire, c'était que je ne pouvais en parler à personne.

Le secret d'Ambre était devenu mon secret à moi aussi.

Chapitre sept
L'auberge de la malchance

DANS SON VAISSEAU SPATIAL, MON AMIE EXTRATER-restre disposait d'une pièce secrète remplie de créatures bizarres. Je ne les avais jamais vues, mais Vee m'avait parlé des *snogards*, des *katassies* et des *gouffins*. La créature au gros œil d'Ambre ne pouvait pas être un snogard, car elle ne portait pas de barbe hirsute où grouillaient des bestioles noires visqueuses. Et les katassies arboraient de grandes oreilles battantes semblables à des ailes. Alors, j'ai pensé qu'il devait s'agir d'un gouffin.

Vee disait que les gouffins étaient enjoués et câlins, ce qui ne me semblait pas dangereux. Mais les animaux extraterrestres appartenaient aux extraterrestres, et non pas à un humain au cœur tendre. Il fallait que je prévienne Ambre avant qu'il ne lui arrive malheur. Mais voilà : comment, pour l'amour du ciel, convaincre ma sœur que son nouveau toutou venait d'une autre planète ?

— Voici notre embranchement ! indiqua papa.

J'ai relevé la tête au moment où papa bifurquait sur une route étroite serpentant à travers la forêt dense. Même la fenêtre baissée, je pouvais humer le parfum des conifères. Malgré le souci que je me faisais pour Ambre et le gouffin, j'étais si excitée que mon cœur battait la chamade. Chambre spacieuse, piscine chauffée et vie de luxe, me voici !

Impatiente d'apercevoir enfin l'Auberge du Trèfle d'Or, j'ai collé mon visage contre la vitre. Mais la route n'en finissait plus de s'allonger, sillonnant et grimpant pendant des kilomètres, jusqu'à ce que nous tournions brusquement à droite à la vue d'une jolie pancarte en bois sculpté en forme de trèfle.

— Nous y voici ! annonça papa.

— Enfin ! J'ai tiré sur la chemise de Lucas. Que veux-tu faire pour commencer ? Jouer au tennis, au golf miniature, aux arcades, ou te baigner ?

— J'aimerais mieux suivre des cours d'art dramatique, a-t-il grogné en levant les yeux d'un magazine où il était question des enfants vedettes.

— Arrête de ronchonner, lui ai-je conseillé en lui donnant une tape sur le bras.

— C'est plus fort que moi. Je rate les auditions pour notre première pièce. Madame Bennett n'arrête pas de répéter que Trevor Tremaine, son élève qui a le mieux réussi, n'a jamais manqué un seul cours. Aujourd'hui, c'est lui, la vedette dans les pubs des Biscuits Chuckle.

— Ce mignon garçon blond avec un drôle de rire ?

— Trevor n'est pas vraiment blond, c'est une perruque. Je veux réussir aussi bien que lui.

— Ça ne changera rien si tu manques un cours. Tu es le meilleur acteur que je connaisse.

— Tu le penses pour de vrai ?

— Bien, ouais ! Je le regardai droit dans les yeux. Et tu vas t'amuser durant ce voyage même si tu n'en as pas envie.

— Bon... j'aime bien le tennis.

— Et j'ai tellement hâte d'aller me baigner. La brochure disait que la piscine avait la forme d'un trèfle.

— *Cool.* Lucas roula son magazine et le mit dans sa poche. S'il y a un tremplin, je serai un pirate, et tu pourras jouer le rôle de la damoiselle captive obligée de déambuler sur la planche.

J'ai roulé les yeux et j'ai évité, diplomate, de faire un commentaire sarcastique.

La route pavée s'était changée en chemin de terre, et la voiture bringuebalait à présent dans les nids-de-poule. Lucas était venu se frapper contre moi et j'avais rebondi sur lui. Derrière moi, j'ai entendu le cri strident de l'extraterrestre. Le gouffin avait-il la nausée ? J'espérais qu'il n'allait pas dégueuler.

Puis, au loin, nous avons aperçu des bâtiments en pierre et en bois. Un parterre magnifique menait à la plus grosse bâtisse, soit trois étages de bois rond et de pierres des champs, des vitraux aux fenêtres et d'élégants balcons. La classe ! Des lutins de pierre décoraient la pelouse du parterre. Il y avait d'autres bâtiments plus petits situés au-delà de l'auberge principale. Je ne pouvais pas voir la piscine, qui se trouvait probablement dissimulée par la barrière grillagée derrière l'auberge.

Une grande femme aux cheveux d'un bleu de glace, avec un gentil sourire, sortit pour nous accueillir. Elle portait une blouse en satin jaune, une jupe en tissu écossais, ainsi que des boucles d'oreilles en or en forme de trèfle qui étincelaient au soleil.

— Bienvenue, bienvenue ! Je suis Agathéna Truelock. Mais plutôt que de tendre la main, elle releva les bords de sa jupe et s'inclina, à la façon dont on salue les rois. Je suis honorée de vous rencontrer, Monsieur Étrange.

— Tout l'honneur est pour moi, Madame Truelock. Et appelez-moi Jonathan, dit papa, adoptant instantanément sa souriante personnalité télévisuelle. Voici mon épouse Katherine, mon fils Lucas et ma fille aînée, Cassie. Ma plus jeune, Ambre, doit s'être endormie dans la fourgonnette.

— C'est tellement excitant de recevoir ici une vedette de la télé, lança madame Truelock. J'ai enregistré tous les épisodes de votre émission. Ce reportage sur le chien de Frankenstein était extraordinaire. Et puis, j'adore votre manière de toujours conclure en disant : « Et maintenant, vous savez pourquoi je n'en crois pas un mot. » J'ai la chair de poule chaque fois que j'entends cette phrase.

— Oh, bon sang, grommela mon frère. Une autre groupie.

— Elle a l'air gentille, ai-je rétorqué.

— Elles ont toutes l'air gentilles avant qu'elles ne se mettent à envoyer des lettres débiles à notre père. La pire, c'était cette dame aux cheveux roses qui a forcé notre porte pour voler les chaussettes de papa.

— Directement du panier à linge. Pouah ! ai-je répondu en gloussant. Et le choc qu'elle a eu quand Dribble s'est transformé en canard de garde et l'a chassée...

Lucas se mit à rire.

— Ambre a des animaux bizarres.

— Tout à fait juste. J'ai jeté un coup d'œil à l'arrière de la fourgonnette en me demandant si l'Auberge du Trèfle d'Or possédait un règlement interdisant les animaux extraterrestres.

Puis, j'ai suivi madame Truelock lorsqu'elle a emmené mes parents jusqu'au bureau d'accueil. Ils souriaient et parlaient de choses ennuyeuses d'adultes. Je ne faisais pas tellement attention à leur conversation, jusqu'à ce que j'entende madame Truelock dire : « J'espère que les enfants ne seront pas déçus. »

— Bien sûr qu'ils ne seront pas déçus, assura maman poliment.

— Pas déçus de quoi ? ai-je questionné, impatiente de savoir ce qui se passait.

Papa me tapota la tête comme si j'étais un petit animal obéissant.

— Nos enfants seront heureux, peu importe où vous les logerez.

— Quels charmants enfants, dit madame Truelock d'une voix sirupeuse. Ils sont vraiment aussi charmants que leur père. Je suis tellement soulagée qu'ils acceptent ces petits inconvénients.

— Inconvénients ? Je me suis plantée devant eux, si bien qu'ils ont été obligés de s'arrêter eux aussi. Que voulez-vous dire ?

— Nous avons éprouvé quelques difficultés récemment. Madame Truelock eut un petit rire nerveux. C'est la raison pour laquelle j'ai fait appel à votre père.

— Le lutin, ai-je murmuré.

— Cette petite peste, répliqua notre hôtesse en soupirant. L'idée qu'il se fait du plaisir dérange les affaires. Mon mari boite encore après être tombé dans ce piège profond, et une boue verdâtre obstrue toujours toute la plomberie. Navrant.

— Vous avez vu ce lutin ? demanda papa. Son ton était désinvolte, mais ses yeux gris brillaient d'un réel intérêt.

— Oui. Mon mari aussi. Mais nous discuterons de tout cela plus tard, a-t-elle ajouté en faisant un

47

geste de la main. Vous devez être fatigués après une si longue route. Plusieurs de nos chambres nécessitent des réparations, mais je dispose d'une suite au troisième étage pour vous et votre femme. Avec tout le confort : cuisinette, balcon, grand écran de télé et baignoire à remous privée.

— Ma propre cuisine ! s'exclama maman, tout excitée. Je pourrai préparer des repas santé pour les enfants. Merveilleux !

— Pas aussi merveilleux que je l'aurais souhaité, reprit madame Truelock, l'air désolé. J'avais pensé que vos enfants pourraient occuper la suite à côté de la vôtre. Malheureusement, mon mari l'a donnée à une autre famille ce matin.

Lucas et moi avons échangé des regards inquiets.

— Alors, où va-t-on loger ? ai-je demandé.

— Dehors, dans la grange.

Chapitre huit
Chacun sa stalle

C'ÉTAIT BIEN UNE GRANGE. À TOUT LE MOINS, ÇA l'avait été cent ans plus tôt. À présent, le plancher de bois était recouvert de tapis colorés et les murs étaient peints en blanc, mais il y flottait toujours un léger parfum de vache. Chacun de nous avait sa propre stalle — pardon, chambre — avec un petit lit, une commode, une lampe et un petit bureau. Au lieu de pouvoir jouir d'une salle de bains ultramoderne, il nous faudrait sortir à l'extérieur pour aller aux chiottes, derrière la grange. Je n'arrivais pas à le croire ! Pas encore !

— T'as vu cette corde ! s'exclama Lucas. Ça me rappelle un vieux film d'Errol Flynn. Tu sais, les pirates qui se balançaient entre les mâts tout en se battant à l'épée. Je parierais que Trevor, alias monsieur le parfait acteur, n'a jamais vécu dans une grange.

— Le chanceux ! ai-je répliqué en ramassant un brin de foin qui traînait sur un tapis.

— Il y a peut-être un coffre de pirate dans ce grenier. Grimpe avec moi.

— Pas question, ai-je répondu avec humeur.

— Qui est-ce qui ronchonne, maintenant ?

— Ça ne te fait donc rien qu'on soit confinés ici comme du bétail ?

— Non. Cet endroit est génial, dit Lucas. Il se trouvait à mi-chemin de la grosse corde et j'étais étourdie à force de le voir se balancer d'avant en arrière. Ce sera amusant à explorer, poursuivit-il. Une grange, c'est cent fois mieux qu'une chambre ordinaire.

— On n'a pas de télé, pas de baignoire, même pas de vraie salle de bains.

— Et alors ? J'aime ça, et puis, je n'entends plus Ambre se plaindre.

— C'est parce que Ambre a un… J'ai plaqué ma main sur ma bouche.

— Hein ? fit Lucas tandis qu'il redescendait du grenier à foin. Qu'est-ce qu'elle a, Ambre ?

— Beaucoup d'imagination. J'avais ramassé un autre brin de foin sur le tapis et je le roulais tout en m'efforçant d'avoir l'air naturelle. Ambre ne s'intéresse à rien de réel. Elle fait probablement semblant que sa stalle est un château magique. Mais moi, *je* connais l'affreuse réalité. Est-ce trop demander que d'espérer un peu de luxe ?

Lucas se laissa glisser le long de la corde, puis enleva la poussière sur ses vêtements en touchant le plancher des vaches. Il sortit un mouchoir rouge de sa poche et le noua autour de sa tête, dans le style pirate.

— N'ayez crainte, gente dame désespérée. Voler à votre secours sera pour moi une agréable diversion. Enfilez donc vite vos vêtements de baignade, que je vous accompagne jusqu'à la piscine, là-bas.

— La piscine ? ai-je demandé, remplie d'espoir. Tu vas venir te baigner avec moi ?

— Oui. N'est-ce pas ce que je viens de dire ?

— Avec toi, on ne peut jamais être certaine, mais merci.

Maman me passerait un savon si je n'invitais pas Ambre, alors, j'ai frappé à sa porte. J'ai entendu un *bang* suivi d'un cri. Puis, Ambre m'a crié de m'en aller. Je savais ce qu'elle cachait, et il faudrait bien qu'elle sache que je le savais, un de ces jours.

Mais pour commencer, j'avais rendez-vous avec une piscine en forme de trèfle.

Mon maillot de bain était un cadeau d'anniversaire. Il m'avait été offert pour mes onze ans en avril dernier : un deux-pièces à rayures vertes avec une bordure dorée. Il y avait juste assez de rembourrage vous savez où, pour me donner des courbes et m'éviter de ressembler à une mauvaise esquisse de bonhomme allumette. Je savais, après l'avoir enfilé, que j'avais fière allure.

Lucas et moi avons suivi le sentier pavé qui bordait le bâtiment principal. Au bout du chemin de briques, le sol était parsemé de pierres et de mauvaises herbes trop longues. Un chardon s'étant insinué dans ma sandale, je me suis arrêtée pour l'enlever. Puis, j'ai pressé le pas pour rejoindre Lucas.

— Voici la piscine ! Je pointais mon doigt en direction d'un reflet liquide entouré par une clôture de grillage. Le dernier dans l'eau est un piranha !

— Ce sera toi, face de poisson, lança Lucas.

Et nous sommes partis à la course. Je menais — j'étais presque rendue au but — lorsque je me suis cogné l'orteil contre le sol, me faisant piquer du nez.

Plop ! Je me suis retrouvée allongée à plat ventre. En me relevant, j'ai entendu un bruissement bizarre au-dessus de moi. Je me suis retournée et j'ai levé les yeux sur un pin noueux très vieux et très imposant. Quelque chose bougeait dans l'arbre. Non, pas quelque *chose*, mais quelqu'*un*. Un garçon très maigre aux cheveux châtains qui portait une veste de cuir et un t-shirt rouge. Ses bottes de cow-boy noires se balançaient haut au-dessus du sol. Il me souriait et me faisait salut de la main. J'ai appelé mon frère :

— Lucas ! Regarde !

Il suivit la direction de mon regard.

— Regarder quoi ?

— Dans cet arbre !

Lucas secoua la tête.

— Je ne vois rien.

— Hein ? J'ai cligné des yeux. Mais il était… je l'ai vu… Où a-t-il bien pu aller ?

— Qui ?

— Un garçon, plus petit que toi, mais plus vieux, je pense. J'ai secoué la tête, perplexe. Il était assis sur cette branche, précisai-je.

— Tout là-haut ? Je suis bon grimpeur, mais il me faudrait des ailes pour atteindre cette altitude. Je parierais que tu crois que c'était un lutin, ajouta Lucas en me donnant un coup de poing amical sur l'épaule.

— Pas du tout !

— Tant mieux, car papa dit qu'ils n'existent pas.

— Je sais, dis-je.

Mais je n'étais vraiment pas convaincue. Papa ne pensait pas, non plus, que les extraterrestres existaient.

Lucas sauta et se remit à courir.

— Je serai dans la piscine avant toi !

J'ai balayé la terre sur mon short et j'ai suivi mon frère. Mais je ne pouvais pas me déplacer très vite avec mes sandales.

— Hé ! Cassie ! Tu avais raison. Lucas avait ouvert la barrière. La piscine est en forme de trèfle et elle est verte. Je monte sur le tremplin. Regarde-moi !

Lucas grimpa dans l'échelle et courut sur le tremplin. Arrivé à l'extrémité, il arqua son corps et exécuta un plongeon impeccable.

Mais aussitôt, il remonta à la surface en poussant un cri déchirant.

— AU SECOURS ! Il battait l'air de ses deux bras. Ils sont après moi !

— Quoi ? ai-je crié.

— Les PIRANHAS !

Chapitre neuf
Un fauteur de troubles

DES CENTAINES DE POISSONS ! PEUT-ÊTRE DES milliers !

Des formes sombres, menaçantes, grouillaient autour de mon frère comme si la cloche annonçant le repas avait sonné et que Lucas constituait le mets principal. Affolé et hurlant, il s'ébattait et donnait des coups de pied sauvages en se démenant dans l'eau trouble et glauque.

Je ne pouvais pas rester là et regarder mon frère se faire bouffer par une bande de piranhas affamés. Mais que pouvais-je faire ? Si je partais chercher de l'aide, Lucas aurait le temps d'être mangé et transformé en pulpe sanguinolente. Par contre, si je me jetais à l'eau, ils se rueraient sur moi aussi, et mon maillot tout neuf serait ruiné.

Courant autour de la piscine, je me mis à chercher une bouée de sauvetage ou une arme quelconque pour combattre les poissons carnivores. Mais tout ce que je pus trouver, ce fut une lourde bobine de corde. C'était mieux que rien.

Tandis que les cris de Lucas résonnaient dans mes oreilles, j'ai poussé la corde jusqu'au bord de la piscine. Quand je me suis penchée, j'ai vu une ombre noire s'agiter à la surface. Le poisson gris acier était long et dodu ; ses yeux étaient noirs comme des billes et il possédait des moustaches.

Des moustaches ? ai-je pensé. Mais les piranhas n'ont pas de moustaches.

Et tout à coup, cela m'a frappée.

— Lucas, tête de linotte. J'ai laissé tomber la corde et je me suis esclaffée. Ce ne sont pas des piranhas.

— Hein ! Il avait cessé de crier. Pas… pas des piranhas ?

— Loin de là.

— Alors, qu'est-ce que c'est ?

— Des poissons-chats.

— T'es sûre ? Il regarda sous l'eau, tout autour de lui. Ils ne me feront pas de mal ?

— Pas du tout, à moins que tu ne sois un poisson-souris.

Il me dévisagea, insulté.

— Tu trouves ça drôle ?

— Absolument.

— Tu n'es pas trop, trop un modèle de courage, affirma Lucas en se mettant à nager jusqu'au bord de la piscine. Tu ne t'es pas jetée à l'eau pour te baigner, à ce que je sache.

— Et tu ne me verras pas le faire non plus, ai-je répliqué sans détour. Nager avec les poissons, c'est bien dans l'océan ou dans un lac, mais pas dans une vulgaire piscine. Ils n'ont donc jamais entendu parler du chlore ? Ouache !

— Ce n'est pas une piscine, c'est un aquarium. Frissonnant, Lucas saisit sa serviette pour se sécher. En plus, la piscine n'est pas chauffée. *Brrr !*

Le garçon dans l'arbre avait-il quelque chose à voir avec tout ça ? Je me le demandais. Mais comment un enfant pourrait-il mettre des centaines de poissons dans une piscine ?

Nous avons donc décidé d'en parler à madame Truelock. Nous l'avons trouvée en train d'arroser les fleurs à l'extérieur du bureau d'accueil. Quand nous lui avons raconté l'histoire de la piscine, elle en a échappé son arrosoir avant de fondre en larmes.

— Pas la piscine aussi ! dit-elle en sanglotant et en se couvrant le visage de ses mains. Quand cela va-t-il s'arrêter ? J'en ai assez des mauvaises nouvelles.

Lucas et moi nous sommes regardés, consternés.

Comme je ne savais pas quoi dire, je me suis contentée de murmurer : « Je suis désolée. »

— Ce n'est pas de votre faute. C'est cet épouvantable petit farceur.

— Papa va s'en occuper, dit Lucas, compatissant.

— Si quelqu'un peut y parvenir, c'est votre père. Je remercie les étoiles qu'il soit venu pour m'aider. Ce farceur ruine tout. Et je me sens coupable que vos vacances commencent sur une si mauvaise note, mes chers enfants.

— Les poissons ne m'ont pas fait mal, indiqua Lucas.

— Mais maintenant, vous ne pourrez pas aller vous baigner. Mon mari devra passer des jours à nettoyer la piscine.

— On n'est pas obligés de se baigner, l'ai-je rassurée. Elle était gentille et je voulais la réconforter.

Madame Truelock essuya ses larmes et esquissa un petit sourire.

— Merci d'être aussi compréhensifs.

— Ne vous inquiétez pas. Nous allons trouver autre chose à faire.

— On aime le tennis, a ajouté Lucas. Où est le court de tennis ?

Madame Truelock nous regarda d'un drôle d'air, puis entra précipitamment dans le bureau. Elle en ressortit quelques minutes plus tard avec une grosse boîte en carton.

— Vous trouverez là-dedans tout ce dont vous avez besoin, dit-elle.

— Quoi ? avons-nous interrogé à l'unisson, un peu surpris.

— L'équipement pour le tennis, le croquet, le minigolf, les bottes d'équitation, et plus encore. Elle tendit la boîte à Lucas. Pourquoi ne pas inviter notre autre jeune visiteur à se joindre à vous ?

— Un garçon maigre qui porte des bottes noires ? ai-je demandé.

— Je n'ai pas remarqué ce qu'il portait, mais sa famille occupe la suite voisine de celle de vos parents.

La chambre luxueuse que nous étions censés occuper, ai-je pensé, envieuse. Pas étonnant qu'il m'ait souri de la sorte. Le voleur de chambre !

Lucas fronça les sourcils en regardant dans la boîte.

— Et où sont les courts de tennis ?

— Là où vous déciderez de vous lancer la balle. Madame Truelock fit un geste de la main. Mais choisissez un terrain éloigné des arbres. Nous perdons trop de balles dans les arbres.

Puis, elle reprit son arrosoir et s'en retourna à l'accueil.

— Bon, maintenant, qu'est-ce qu'on fait ? ai-je demandé, mes espoirs s'amenuisant à vue d'œil. J'étais désolée pour madame Truelock, mais encore plus pour moi-même. Rien ne se passait comme je l'avais espéré. Pas de chambre magnifique, pas de piscine ou de court de tennis. J'aurais dû rester avec Rosalie.

— On pourrait aller à la pêche aux poissons-chats, hasarda Lucas.

Je l'ai fusillé du regard.

— J'ai entendu dire que les petits frères faisaient d'excellents appâts.

— Ou alors, on pourrait jouer au tennis, ajouta-t-il aussitôt.

— C'est mieux que rien, ai-je répondu en haussant les épaules.

Tandis que Lucas scrutait les environs pour trouver un terrain dégagé, je suis allée voir si Ambre voulait se joindre à nous. Mais sa porte était toujours fermée à clé. Et quand j'ai frappé, elle a crié : « Va-t'en ! »

Je suis partie.

Quelques minutes plus tard, j'ai trouvé Lucas sur un terrain vague, aux abords d'une pinède très dense.

— Bienvenue sur le court de tennis. Lucas avait laissé tomber la boîte de carton contenant les équipements et écartait les bras en exagérant son mouvement. L'air pur, dit-il, additionné d'une fraîche odeur de pin.

— Et pas besoin de faire la queue pour avoir un court, ai-je ajouté en essayant d'être bonne joueuse.

— Hé, regarde ce qu'il y a là-dedans.

J'ai fouillé dans la boîte, étonnée que tant d'objets puissent y tenir. Jeux de société, balles de tennis, bâtons de plastique et filet, un ballon de volley-ball dégonflé, des bottes d'équitation, des flèches, des billes, une palette de ping-pong, un bâton de baseball (mais pas de balle), un gant déchiré, sans oublier un Frisbee phosphorescent.

— Il y a seulement une raquette de tennis, dit Lucas, désappointé.

— Et une seule palette de ping-pong, ai-je constaté.

Alors, nous avons improvisé. Lucas faisait le service avec la raquette de tennis, et je frappais la balle avec la palette de ping-pong. À tout le moins, j'essayais. Le plus souvent, je la ratais.

— Je rebaptise tout de suite notre jeu « La chasse à la balle », ai-je blagué en courant pour rattraper la balle.

— Ne vise pas ma jambe cette fois, dit Lucas pour me taquiner.

— Je suis chanceuse si je parviens à toucher la balle avec cette petite palette !

J'ai frappé du revers et *VLAN !* Ma balle s'est dirigée tout droit vers la figure de Lucas. Il l'a esquivée juste à temps en donnant un incroyable coup de raquette qui l'a expédiée très haut au-dessus de ma tête. La balle est retombée dans un massif de manzanitas et je suis partie la récupérer en grognant.

Après m'être égratignée en cherchant dans les manzanitas épineux, j'ai aperçu la balle sous une branche rouge tordue. J'ai étiré le bras pour m'en emparer, mais elle s'est éloignée en roulant.

— Bizarre, ai-je murmuré.

— Arrête de jouer avec la balle, me dit Lucas.

— Je ne joue pas avec la balle, c'est elle qui joue avec moi ! La balle zigzaguait, hors d'atteinte. Était-elle télécommandée ou simplement truquée ?

Juste au moment où ma main se refermait sur la balle, j'ai entendu un *zoom*. J'ai levé les yeux pour voir un missile rond et rose qui volait droit dans ma direction.

SPLAT ! L'eau a coulé sur ma tête.

— Bon sang de… Je fixais, étonnée, un nuage de ballons bleus, rouges, verts et roses. Un escadron de bombes liquides.

— Lucas ! Prends garde ! Je me protégeai la tête des deux mains. Nous sommes attaqués !

Chapitre dix
Attaque à la bombe liquide

P LOP ! *P*LOP ! *S*PLASH !
Des bombes d'eau arc-en-ciel pleuvaient en vrilles sur nous, telles des météorites. D'où provenaient-elles et qui les lançait ? J'essayais de voir, mais les ballons arrivaient trop vite.

— Je vais attraper celui qui fait ça ! Lucas s'essuyait le visage et brandissait un poing rageur. Cassie, il faut qu'on le démasque.

— Il est quelque part dans ces arbres ! ai-je répondu en indiquant un gros massif de pins.

Mes cheveux mouillés me tombaient dans les yeux, lorsqu'un autre ballon éclata à mes pieds.

L'attaque se poursuivit jusqu'à ce que nous soyons près des arbres. Puis, soudainement, le bombardement cessa.

— Le bombardier doit être tout près, dit Lucas en tordant son t-shirt dégoulinant.

— Mais où ? J'ai regardé derrière un tronc d'arbre noueux. Personne par ici.

— Peut-être dans ces buissons. Lucas m'indiqua un bosquet de framboisiers.

Mais tout ce que nous avons trouvé, ce sont des épines et des petits fruits pas encore mûrs.

— Il faut qu'il soit ici, dit Lucas.

— Mais où ? Mes pieds s'enfonçaient dans la mousse. Je ne vois personne.

— Tu ne me vois pas ? résonna une voix haut perchée. Jette un coup d'œil dans l'arbre !

J'ai levé le menton pour regarder au sommet d'un pin gigantesque. Le garçon aux cheveux châtains que j'avais aperçu plus tôt était assis sur une branche tordue, un sac de jute à la main. Il plongea l'autre main dans le sac et en ressortit un ballon orange.

— Toi ! Je lui montrais mon poing. Petite canaille !

— Je suis peut-être petit, mais tu es trempée. Quand il riait, ses bottes de cow-boy se balançaient d'avant en arrière.

— Tu ne riras plus quand nous t'attraperons !
Lucas s'était élancé sur le tronc de l'arbre et avait
commencé à grimper.

— J'ai *tellllement* peur. Le garçon sortit un ballon bleu. Attrape !

Le ballon se dirigea droit sur Lucas. S'étirant
autant qu'il le pouvait, Lucas réussit à attraper le
ballon sans le faire éclater.

Le garçon se mit à applaudir.

— *Super duper !* Belle prise !

Lucas étira son bras vers l'arrière puis, de toutes
ses forces, il relança le ballon sur le garçon. Le
projectile fila comme une flèche entre les branches
et rasa la tête du garçon.

— Tu m'as raté, tu m'as raté ! Le garçon riait si
fort qu'il en perdit pied. Ses bras battirent l'air dans
tous les sens tandis qu'il essayait de s'agripper à
une branche, mais celle où il se tenait se cassa. Un
cri, des branches qui craquent, des aiguilles de pin
qui tombent en pluie et, enfin, le garçon étendu sur
le sol. Immobile comme la mort.

Je me précipitai et m'agenouillai à ses côtés.

— Est-ce que ça va ?

Il émit un gémissement rauque.

— Lucas ! Il faut qu'on l'emmène voir un
médecin !

— On peut aussi le laisser là afin qu'il serve de collation à un ours affamé.

Je regardai mon frère d'un air mauvais.

— Comment peux-tu être aussi sans cœur ?

— Parce que je sais reconnaître un imposteur quand j'en vois un. Et cette petite canaille en est un. Son souffle est trop égal, et puis, il ne saigne même pas.

— Bien sûr qu'il est blessé ! Il a fait une chute d'au moins six mètres. Je levai les yeux. Je ne voyais même pas un coin de ciel à travers l'épaisseur des arbres. Je crois qu'il occupe la suite à côté de celle de papa et maman. Je vais le surveiller pendant que tu vas aller chercher de l'aide.

— Écoute ta sœur, dit le garçon en levant légèrement la tête. Sinon, je pourrais mourir ici.

— Tu pourrais, mais tu ne mourras pas. Lucas avait mis ses mains sur ses hanches. Au moins, essaie de jouer mieux que ça.

— Si tu insistes. Le garçon arqua soudain le dos, prit son élan et fut sur pied d'un seul bond. Je vais retourner dans l'arbre et tomber une autre fois.

— Quoi ? me suis-je exclamée, mon soulagement s'étant aussitôt transformé en colère. Tu faisais semblant ?

— Je le savais, confirma Lucas en faisant claquer ses doigts. Mais pourquoi ?

— Rien d'autre à faire, dit-il en haussant les épaules. C'est mortellement ennuyant par ici.

— Pourquoi nous as-tu attaqués ? ai-je demandé. On ne t'a jamais rien fait.

— Eh bien, vous devriez me faire quelque chose. À cause de moi, vous êtes trempés jusqu'aux os, alors, vous devriez me haïr.

J'ai secoué la tête.

— Je ne te connais pas assez bien pour te haïr.

— Je m'appelle Hank. Les présentations sont faites ; maintenant, lance-moi un ballon. Je le mérite.

En effet, il le méritait, mais j'aurais été mal à l'aise de m'en prendre à lui. D'autant plus qu'il était plus jeune que moi… mais l'était-il vraiment ? Bien que petit et mince, Hank avait l'air mature. Et son visage triangulaire encadrait d'incroyables yeux caméléon qui changeaient sans cesse de couleur, allant du vert au marron, en passant par le doré.

Pendant que je réfléchissais à ce qu'il fallait faire, Lucas attrapa un ballon rouge rempli d'eau et le lança sur Hank.

Plouf ! L'eau s'est répandue sur le visage de Hank. Mais le petit démon s'est contenté d'en rire.

— Ça, c'était amusant, dit-il. Encore !

— Je devrais, répondit Lucas dont les baskets faisaient un bruit de clapotis d'eau lorsqu'il marchait. Je suis complètement trempé.

— Ouais. T'as l'air d'une lavette à cause de moi. Tout le monde dit que je suis terrible et c'est vrai que je le suis. Alors, vas-y, dit-il en mettant ses bras en croix, telle une cible humaine. Bombarde-moi encore.

Lucas tremblait en s'emparant d'un autre ballon. Puis, lentement, il baissa le bras.

— Je ne peux pas. Ça n'a rien d'amusant quand tu me le demandes.

— Exactement ! confirma Hank en souriant. Oh ! j'aime vraiment ton attitude. Enfin, des amis intéressants. Restez avec moi, on va s'amuser.

Blaguait-il ou était-il fou ? J'étais toujours fâchée à cause des bombes d'eau, mais j'étais également curieuse.

— Quel âge as-tu ? ai-je demandé.

— Je suis assez vieux pour tout.

— Moi aussi, répondit Lucas en souriant. Au fait, je m'appelle Lucas et voici ma sœur, Cassie. Nous logeons à l'auberge pour quelques jours. Et toi ?

— Pour plus longtemps. J'aime tellement ça que je pourrais bien ne jamais rentrer à la maison.

— Je ne te blâme pas, ai-je répliqué, un peu envieuse. Votre suite doit être vraiment très belle.

Il se mit à sourire comme si je venais de lui raconter une blague.

— La meilleure que je connaisse.

— La nôtre est encore mieux, dit Lucas en désignant la grange de la main. Attends de voir ça, Hank. Il y a un câble pour grimper, et le grenier à blé ressemble à une scène surélevée. Parfait pour un comédien comme moi.

J'ai levé les yeux au ciel. Voilà que Lucas recommençait à faire le fanfaron à propos de son théâtre, pensai-je. Seulement voilà, la majorité des enfants ne savent pas de quoi il parle et ils pensent qu'un « comédien » est un croisement entre un singe et une maladie contagieuse. Mais pas Hank.

— Tu es acteur ? demanda Hank.

— Je suis né pour les planches, répondit Lucas, fier de lui. Un jour, je serai célèbre.

— *Super duper !* Le visage de Hank s'illumina. Et si on montait une pièce ?

— On n'a pas le temps, décréta Lucas en jetant un coup d'œil à sa montre. Maman veut que nous soyons de retour pour midi. Hé, mais pourquoi ne viendrais-tu pas avec nous ?

— Tu veux vraiment que j'y aille ? demanda Hank, incrédule.

— Bien sûr. Si tu as le courage de manger de la nourriture qui a l'air bizarre et qui est bonne pour ta santé. Maman est une maniaque de la bonne alimentation. Mais ses burgers au soya sont bons.

— Et ses biscuits aux morceaux de brocoli sont délicieux, ai-je ajouté.

— Pourquoi êtes-vous si gentils avec moi ? Hank regarda ses bottes. J'ai été méchant et je vous ai bombardés de ballons remplis d'eau.

— Je t'en ai lancé un en retour, dit Lucas, tout sourire. Même si je t'ai raté.

— C'était un bon lancer. La prochaine fois, je ne bougerai pas ; ainsi, tu me feras prendre une bonne douche.

Lucas se mit à rire, et j'esquissai moi-même un petit sourire. OK, alors, peut-être Hank n'était-il pas un idiot. Bien sûr, il était étrange, mais dans ma famille, l'étrangeté constituait la normalité.

Pendant que nous récupérions le filet de tennis, Lucas a demandé à Hank :

— As-tu entendu parler de celui qui joue des vilains tours ?

— Ouais. Ses yeux brillaient, verts comme des aiguilles de pin. Mais je suis arrivé seulement ce matin, alors, j'ai raté toute l'action.

— Tu n'as pas raté grand-chose, répliqua Lucas avec une grimace. Par contre, ça se pourrait que je ne saute plus jamais dans une piscine.

— C'est-à-dire, pas avant d'avoir vérifié si elle contenait ou non des piranhas, ai-je ajouté pour le taquiner.

— Des piranhas ? demanda Hank. Je n'ai pas entendu parler de ça, mais au deuxième étage, j'ai vu une toilette remplie de limon vert. Vous avez une idée de qui a pu faire ça ?

— Madame Truelock pense que c'est un lutin, répondit Lucas avec le même regard sceptique qu'affiche mon père quand il enquête sur une histoire abracadabrante.

— Incroyable ! s'exclama Hank. Les lutins n'existent pas.

— Ouais, c'est probablement un enfant, un petit farceur.

— Mais ce n'est pas drôle, ai-je indiqué. Madame Truelock est très ennuyée, et j'aimerais faire quelque chose pour l'aider. Le blagueur est en train de ruiner son entreprise. Il faut l'arrêter.

Mais Lucas et Hank ne m'écoutaient pas. Ils fouillaient dans la boîte de jeux en se moquant du manque d'équipement et du mauvais état des jeux.

Je retrouvais ce sentiment familier d'être laissée pour compte. Et, plus que jamais, Rosalie me manquait. Une fois, sa famille avait passé ses vacances dans un camp du cirque, et elle en avait rapporté d'excellentes idées de jeux, comme celle consistant à se tenir en équilibre sur une clôture à la manière des funambules, ou encore celle de marcher avec des cartons de lait vides sur la tête. On s'amusait toujours follement ensemble.

Je me demandais si Rosalie s'ennuyait de moi. Ou au contraire, était-elle en train de s'éclater avec les filles des Splendides ?

J'entendis des voix et je vis deux personnes venir dans notre direction. La jupe écossaise de madame Truelock ondulait au rythme de ses pas rapides. Une petite silhouette courait à ses côtés.

— You-hou ! appela madame Truelock. Cassie ! Lucas !

— Je me demande ce qu'elle veut, dit Lucas en levant la tête. Et qui est cet enfant ? J'ai l'impression de le connaître.

— Je ne peux pas le dire à cette distance, ai-je répondu. Hank le sait peut-être.

Mais quand je me suis retournée pour lui poser la question, il n'était plus là.

Il avait disparu.

Chapitre onze
Des airs de star

Nous n'avions pas le temps de chercher Hank, car Lucas venait de reconnaître le garçon aux cheveux châtains qui accompagnait madame Truelock.

— Pas possible ! Pris de panique, Lucas me serra le bras. Ça ne peut pas être lui !

— Lui, qui ?

Le visage de Lucas devint blême et il ouvrit la bouche sans qu'aucun son n'en sorte.

— You-hou ! Madame Truelock faisait de grands gestes de la main en se rapprochant de nous. Cassie, Lucas !

Rond et mignon comme un ourson, le garçon était un peu plus âgé qu'Ambre. Ses jeans marine, ses baskets et son polo bleu avaient l'air propres et dispendieux.

Il sembla se rendre compte que je le fixais. « Allô », dit-il en me saluant d'un air indifférent.

Je ne l'avais jamais rencontré auparavant, mais j'avais l'impression très forte de le connaître, comme si j'avais souvent vu son visage. Je connaissais sa voix. J'avais déjà entendu son rire…

Eurêka !

— Tu es l'enfant des biscuits Chuckle ! Puis, avant de proférer une autre bêtise, j'ai plaqué ma main sur ma bouche.

— Trevor Tremaine, chuchota Lucas, intimidé.

— J'ai laissé tomber « Tremaine », indiqua le garçon en s'approchant de nous. Maintenant, on ne dit plus que Trevor.

— Trevor, j'aimerais te présenter Cassie et Lucas Étrange, s'empressa de dire madame Truelock. Je suis certaine que vous allez vous entendre à merveille. Il faut que je file, j'ai un rendez-vous avec le plombier. Amusez-vous bien, les enfants. Puis, elle nous quitta.

Nous sommes restés sans rien dire un bon moment. Lucas fixait Trevor, stupéfait et silencieux.

Puis, Trevor donna un coup de pied dans la terre, comme pour signifier qu'il n'était pas content d'être avec nous.

J'ai fini par briser la glace.

— Lucas est comédien, lui aussi.

— Oh ? Trevor se tourna vers mon frère. Et qui te représente ?

— Mes parents, je crois.

— Quels rôles as-tu joués ?

— Eh bien… Lucas se mordit la lèvre inférieure. J'étais une girafe dans la dernière pièce de l'école.

— Une girafe dansante, ai-je acquiescé fièrement. Et il a eu droit à une ovation.

Trevor nous fixa comme si nous parlions une autre langue.

— J'étudie avec madame Bennett, précisa Lucas. Elle dit que tu étais son meilleur élève. Elle a des photos de toi dans son studio.

— Oh, charmant… fit Trevor d'un air distrait. Alors, qu'est-ce qu'on fait ici pour s'amuser ?

— On joue au tennis, répondis-je en brandissant ma palette de ping-pong. Enfin, un genre de tennis.

— J'ai entendu dire que tu avais auditionné pour un rôle dans le feuilleton *Il y a de l'orage dans l'air,* mentionna Lucas. As-tu obtenu le rôle ?

— Mon gérant a jugé que le rôle n'était pas assez important, dit Trevor en écrasant une mauvaise herbe. Nous sommes en pourparlers avec de grands studios pour des rôles au cinéma.

— Wow ! Tu dois être très excité !

— Pas spécialement. Trevor haussa les épaules. C'est rien qu'un autre boulot.

— Vas-tu jouer avec des stars ?

— Bien sûr. Mais je ne peux pas en parler pour le moment.

— Je comprends, approuva mon frère humblement.

Mais je ne comprenais pas pourquoi un acteur qui attendait d'avoir des nouvelles pour d'importants rôles au cinéma se trouvait ici, au mont Shasta. Et je n'aimais pas la façon dont Trevor snobait mon frère.

— Alors, qu'est-ce qui t'amène ici, Trevor ? ai-je demandé. Ce n'est pas exactement Hollywood.

— Mes parents voulaient que je prenne quelques jours de repos, a-t-il prétendu. Vous ne savez pas ce que c'est que d'avoir des fans qui vous suivent partout, qui vous prennent en photo et qui vous demandent des autographes. Pendant quelques jours, je ne serai qu'un enfant ordinaire en vacances. Comme vous deux.

J'aurais voulu gifler ce rictus suffisant de son visage « célèbre ».

— Mais nous, dis-je, nous ne sommes *pas* en vacances, car notre père travaille sur une histoire pour son *émission de télévision*.

Vous auriez dû voir le changement d'attitude. Mes paroles avaient eu l'effet d'un coup de tonnerre et piqué la curiosité de Trevor

— Une émission de télé ? répéta-t-il en écho.

— Oui. Je me mis à sourire. Mais c'est rien qu'un autre boulot.

— As-tu dit que votre nom de famille était Étrange ? Tu veux dire que ton père est *le* Jonathan Étrange, créateur et vedette de *Je n'en crois pas un mot !* ?

— C'est notre père, ai-je acquiescé.

— *Cool !* Son émission a d'excellentes cotes d'écoute, et il connaît tous les gens importants.

— Comme nous, ajoutai-je, sarcastique.

Trevor m'ignora et se tourna vers Lucas.

— Alors, tu es dans la classe de madame Bennett ?

— Ouais, répondit Lucas avec un petit sourire timide. Mais je ne suis qu'un débutant.

— Ne sois pas modeste ! Je devine déjà que tu as beaucoup de talent. Viens dans ma chambre, je vais te montrer les scénarios que j'examine en ce moment.

Et ils sont partis, m'abandonnant en compagnie d'une boîte de jeux dépareillés.

Être comédien est une maladie, me suis-je dit, contrariée. Et mon frère en est gravement atteint.

Chapitre douze
La mangeuse de cheveux

L E DÉJEUNER À LA MAMAN CONSISTAIT EN :
Burgers de soya avec fromage de chèvre
Tranches de cornichons biologiques
Galettes de germes de blé
Jus de tomates vertes
Dessert aux caroubes

Maman ne se souciait pas que Lucas déjeune avec un nouvel ami, mais par contre, elle s'inquiétait du fait qu'Ambre ne s'était pas pointé le bout du nez.

— Où est ta sœur ? me demanda maman en me versant un verre de jus de tomates vertes. Je ne l'ai pas vue depuis environ une heure, lorsqu'elle a emprunté ma brosse à cheveux.

— Pourquoi emprunterait-elle ta brosse ? Elle a la sienne.

— Elle a oublié de la mettre dans ses valises.

J'ai arqué un sourcil. Ambre était propre et organisée comme maman, et elle n'oubliait jamais rien. Cela avait-il quelque chose à voir avec le gouffin ?

— Je vais aller chercher Ambre, ai-je offert aussitôt, pour éviter que maman entre elle-même dans la chambre de ma petite sœur et la surprenne en train de s'amuser avec un animal extraterrestre.

En arrivant près de la stalle/chambre de ma sœur, j'ai entendu de la musique. Où diable ma sœur avait-elle pu trouver une radio ? Elle n'avait pas emporté de *ghetto blaster* avec elle, mais moi, si. Et je l'avais laissé dans ma chambre.

J'ai frappé à sa porte.

— Ambre ! Ouvre !

La musique a cessé instantanément, et j'ai entendu des bruits de pas.

— Allô, Cassie. Ambre avait entrouvert la porte d'un centimètre. Qu'est-ce que tu veux ?

— Mon *ghetto blaster*. Est-ce que tu l'as ?

— Non.

Sa voix exhalait la culpabilité. En plus, elle avait l'air complètement déboussolée. Ses cheveux blonds étaient ébouriffés et il y avait une égratignure sur son menton. J'ai ouvert un peu plus grand la porte. Ma petite sœur maniaque de propreté n'avait ni fait son lit, ni rangé ses vêtements ! Pour la première fois dans toute l'histoire de la planète Terre, sa chambre était plus bordélique que la mienne.

— Qu'est-ce qui se passe ? ai-je demandé.

— Rien.

— Alors, ça ne te dérange pas si je fouille ta chambre ?

— Non ! Ne fais pas ça !

Elle tenta de refermer la porte, mais j'ai avancé mon pied et je suis entrée dans sa chambre.

— J'ai entendu de la musique provenir d'ici.

— Mais ce n'était pas ton *ghetto blaster* ! protesta-t-elle. C'était… c'était…

— Quoi ? Un nouveau doute s'insinua dans ma tête.

— Je ne peux pas te le dire.

— Mais moi, je le peux, lui dis-je plus gentiment. Je sais que tu gardes un gouffin.

— Gou… *quoi ?*

87

— L'animal que tu caches depuis qu'ont débuté nos vacances de camping.

Elle traversa la pièce pour aller se planter devant sa commode dans une attitude protectrice.

— Je ne cache rien dans ma commode. Je n'ai même pas vu d'animal poilu. Alors, va-t'en.

J'ai failli éclater de rire tellement elle mentait mal.

Mais avant que je puisse ajouter quoi que ce soit, une petite créature émergea du tiroir. Elle me faisait penser à un Slinky à fourrure, sans bras ni jambes, avec seulement une tête ronde se balançant sur un corps de serpent hirsute. J'ai ressenti un frisson lorsqu'elle s'est mise à onduler et quand son gros œil pourpre a cligné.

— Le gouffin ! me suis-je écriée en prenant ma sœur dans mes bras. Éloigne-toi de lui, Ambre, il pourrait être dangereux.

— Ce n'est pas un *lui*, c'est une fille. Ambre s'est détachée de moi pour prendre l'animal poilu et le serrer sur son cœur. Elle s'appelle Jennifer.

Le gouffin — Jennifer — ronronnait en frottant sa tête duveteuse contre ma sœur. Son œil pourpre se refermait d'aise. Puis, son ronronnement s'est intensifié, douce symphonie émanant d'une boule de fourrure ondulante.

— Son chant est extraordinaire ! me suis-je exclamée, étonnée.

— Jennifer produit de jolis sons. Tu peux la flatter, elle ne te fera pas de mal.

Timidement, j'ai avancé la main. Toucher cette étrange créature équivalait à plonger mes doigts dans des nuages soyeux. La vibration de son ronronnement régulier me traversait le corps tout entier, me procurant un sentiment de bonheur.

— Je t'avais dit que Jennifer était gentille, dit Ambre.

— Ouais, mais tu ne peux pas la garder. Elle n'est pas d'ici, dis-je en retirant ma main. Ambre, n'as-tu rien remarqué de différent chez elle ?

— Bien… peut-être. Elle renverse les objets quand elle danse.

— Comme peut-elle danser sans jambes ?

— Elle se balance sur sa queue. Elle préfère le jazz. Elle m'aime aussi, et c'est vraiment agréable même quand elle… Ambre hésita et palpa l'égratignure sur son menton.

— Est-ce qu'elle t'a attaquée ? demandai-je.

— Elle ne l'a pas fait exprès. C'était pa'ce qu'elle avait faim.

— Elle a essayé de te manger !

— Non, t'es bête. Jennifer est difficile. Elle ne boit même pas d'eau. Mais elle adore mes cheveux.

— Tes cheveux ! Horrifiée, j'ai examiné Ambre de plus près. Les pointes de ses cheveux dorés étaient effilochées, et il lui manquait des boucles.

— Ça ne fait pas mal, insista ma sœur. Ça chatouille.

— Ambre, il faut arrêter ça tout de suite ou tu seras chauve quand l'école va commencer.

— Chauve ? Ses yeux bleus se remplirent de larmes. Mais je ne veux pas être chauve.

— Alors, débarrasse-toi de Jennifer.

— Mais je l'aime.

— Plus que tes cheveux ? ai-je demandé pour la faire réfléchir.

— Je… je ne sais pas.

— Tu ne peux pas la garder.

— Elle n'a aucune famille. Elle a besoin de moi.

— Et tu as besoin de tes cheveux. Donne-la-moi.

— Seulement si tu en prends soin et si tu t'assures que personne ne lui fera de mal.

— OK.

— Tu promets avec les deux petits doigts ?

J'ai levé les deux petits doigts et je les ai croisés ensemble.

— Je promets.

Ambre enlaça Jennifer en reniflant. Puis, elle me tendit le gouffin.

— Tu as gagné, Cassie, dit-elle d'un air triste.

Mais je n'avais pas l'impression d'avoir gagné. J'avais peur et j'étais inquiète. Qu'allais-je bien pouvoir faire d'un petit animal extraterrestre ?

Et comment allai-je l'empêcher de manger *mes* cheveux ?

Chapitre treize
Les secrets du mont Shasta

J'AI DIT À AMBRE D'ALLER DÉJEUNER ET J'AI EMMENÉ Jennifer dans ma chambre.

— Tu seras en sécurité ici, lui ai-je dit en la cachant dans le tiroir de ma commode.

En guise de réponse, elle cligna une fois de son gros œil.

— Tu ne danses pas et tu ne renverses rien durant mon absence. J'ouvris ma valise et j'en sortis ma brosse. J'y ai recueilli quelques cheveux accrochés aux soies. Si tu es gentille, je t'en donnerai d'autres à mon retour.

Jennifer avala les cheveux, puis cligna de l'œil deux fois comme pour dire merci. C'est du moins ce que j'espérais. Cela aurait aussi pu vouloir dire : « C'était une bonne entrée, où est le plat principal ? »

Tout en m'empressant de sortir de ma chambre, je me tenais la tête pour protéger mes cheveux.

En arrivant à la chambre de mes parents, j'ai repensé à Hank. Où était-il allé de façon si abrupte ? Était-ce à cause de Trevor ? Le minuscule acteur était agaçant, mais Hank ne pouvait pas être parti à cause de lui. Alors, pourquoi s'était-il enfui ?

La meilleure façon de le savoir était de poser la question à Hank. Aussi, plutôt que de me rendre directement à la chambre de mes parents, j'ai choisi la suite voisine.

Mais celui qui est venu m'ouvrir n'était pas Hank.

— Trevor ! me suis-je écriée. Qu'est-ce que tu fais dans la chambre de Hank ?

Trevor a haussé les sourcils.

— C'est ma chambre.

— Mais il m'a dit — tu dois le connaître…

Je me grattais le front pour essayer de comprendre lorsque Lucas apparut aux côtés du petit garçon.

— Cassie, qu'est-ce qui se passe ?

— C'est ce que j'aimerais savoir. Je croyais que c'était la chambre de Hank.

— Moi aussi. Mon frère haussa les épaules. Mais ça ne l'est pas.

— Qui est Hank ? demanda Trevor.

— Un enfant avec un super lancer, répondit Lucas en souriant. Tu l'aimerais.

— J'en doute, dit Trevor en tapotant le bras de Lucas. Viens, il faut terminer notre répétition.

Et sur ces paroles, il me ferma la porte au nez.

Pourquoi ce type était-il si impoli ? Je fulminais. J'aurais aimé lui lancer quelque chose au visage !

Lucas était-il si aveuglé par les stars de Hollywood qu'il ne voyait pas quel genre de personnage odieux était Trevor ? Hank pourrait peut-être m'aider à convaincre mon frère de reprendre ses esprits. De toute façon, ça valait la peine d'essayer. Je me suis donc rendue au bureau d'accueil pour trouver le numéro de la chambre de Hank.

Un homme âgé aux cheveux en broussaille, un véritable gaillard, était assis derrière le pupitre, tournant les pages d'un journal. Comme il ne m'avait pas remarquée, j'ai alors actionné la sonnerie sur le comptoir.

Il en est sorti un *dring* tonitruant qui a fait bondir l'homme de son fauteuil tandis que son journal s'étalait sur le plancher. Il l'a ramassé et m'a souri.

— Bon après-midi. Vous devez être la jeune demoiselle dont ma femme m'a parlé. Cathy, c'est ça ?

— Cassie, l'ai-je corrigé. Désolée de vous avoir fait sursauter.

— Ça va. Je lisais les dernières nouvelles concernant notre lutin. Il fait toujours les manchettes par ici. Et maintenant, votre père va en parler à la télé.

— Vous avez vraiment vu un lutin ?

— Absolument. Un petit lutin roux à peu près grand comme ça. Il leva la main à la hauteur de mes épaules. Tout habillé de vert, excepté pour ses pantoufles, qui sont dorées et pointues. Je l'aurais attrapé si je n'étais pas tombé dans un trou couvert de broussailles.

— Un piège ?

Il fit signe que oui.

— J'ai eu de la chance de ne pas me casser la jambe.

— C'est peut-être un enfant déguisé en lutin, dis-je.

— Est-ce qu'un enfant peut faire apparaître un arc-en-ciel, puis s'envoler dessus ? Et comment expliquez-vous une piscine où grouillent des poissons-chats ? Le vieil homme secoua la tête. C'est de la magie.

— Wow, fut le seul mot que je trouvai à dire. Ce serait tellement *cool* d'apercevoir le lutin, et peut-être même de pouvoir faire un tour sur son arc-en-ciel afin de découvrir son pot d'or. Après ça, je serais assez riche pour devenir membre du Club des Splendides et me tenir avec Rosalie et ses splendides copains. Puis, je me suis rappelé la raison pour laquelle ma famille était venue ici. Les lutins n'étaient pas réels, et papa allait le prouver.

— Est-ce que je peux faire quelque chose pour vous ? demanda monsieur Truelock.

— Je cherche un ami qui loge ici. Je ne connais pas son nom de famille, mais il se prénomme Hank.

— Y a que trois enfants dans nos registres : vous, votre frère et le petit Tremaine.

— Mais j'ai vu Hank il n'y a pas longtemps. Sa famille occupe une des suites.

— Désolé. Jamais entendu parler de lui. Puis, il éclata d'un grand rire. Peut-être vit-il chez les lutins.

Monsieur Truelock riait toujours quand je suis sortie du bureau d'accueil.

* * *

Une heure plus tard, Ambre et moi relaxions dans l'immense et luxueux lit de mes parents, savourant notre collation de galettes de germes de blé en regardant un film sur la grosse télé, lorsque papa nous a annoncé qu'il partait en voiture au mont Shasta.

— Vous venez avec moi ? demanda-t-il. Vous ferez les boutiques pendant que je ferai mes interviews.

Il n'a pas eu besoin de me l'offrir deux fois. Mais avant de partir, je suis allée voir comment se portait le gouffin.

Quand j'ai ouvert la porte de ma chambre, j'ai cru qu'une tornade venait de passer. Couvertures, vêtements, coussins, livres et chaussures étaient éparpillés partout.

En boule sur le lit, l'ouragan Jennifer était en train de mordiller ma brosse à cheveux.

— Jennifer ! me suis-je écriée en pointant mon doigt sur elle. Je t'avais dit de ne pas danser ici.

Elle s'est réfugiée dans mes bras et s'est mise à ronronner.

— Tu es une méchante fille, l'ai-je grondée.

Son ronronnement se révélait être une musique douce et apaisante, et ma colère se changea en bonheur. Elle était vraiment mignonne, et c'était agréable de la tenir dans mes bras. Je n'avais pas la moindre idée de ce que j'allais en faire, mais j'y réfléchirais plus tard. J'ai offert à Jennifer quelques-uns de mes cheveux, puis je l'ai remise dans le tiroir en lui promettant de revenir dans quelques heures.

J'espérais ne pas faire de bêtise en la laissant toute seule.

Le trajet pour se rendre jusqu'à la municipalité du mont Shasta nécessitait quinze minutes en voiture. Comme Lucas était resté à l'auberge avec Trevor, j'avais le bonheur d'occuper le siège du milieu. Maman nous apprit que la montagne au sommet enneigé que nous pouvions apercevoir au loin était le mont Shasta, et qu'il s'élevait à plus de 4 300 mètres.

— Selon la brochure touristique, a-t-elle ajouté, il s'agit de l'une des sept montagnes sacrées dans le monde. Le nom Shasta vient d'un terme russe qui veut dire « chance ». Et cette montagne volcanique attire des visiteurs des quatre coins du globe. On la dit sacrée et magique.

Magique ? me suis-je interrogée. Comme dans « petit lutin vert » ?

Une fois arrivés dans la ville, papa est parti faire son entrevue. Maman, Ambre et moi avons donc entrepris la tournée des boutiques. Ambre a déniché un singe en peluche dans un magasin où l'on vendait des cartes et des jouets. De son côté, maman n'a pu résister à une boutique qui offrait des remèdes holistiques. Je n'étais pas certaine de ce que voulait dire le mot « holistique », mais puisque maman aimait cela, ce devait forcément être quelque chose de bon pour la santé.

Ensuite, maman nous a entraînées dans une boutique qui s'appelait La Chambre de cristal. J'ai d'abord pensé que ce serait ennuyeux de regarder des tas de pierres transparentes. Mais en pénétrant dans une pièce spéciale située à l'arrière de la boutique, j'ai été subjuguée par l'énorme fragment de quartz qui s'y trouvait exposé. Il était aussi long que ma bicyclette et aussi large qu'un canapé. La majorité des boutiques interdisaient aux enfants de toucher quoi que ce soit, mais une vendeuse sympathique nous a encouragées à passer nos doigts sur toute la surface du quartz. C'était doux et frais. Ravie de l'intérêt que nous manifestions, maman nous a permis de choisir une petite pierre en forme d'animal en guise de souvenir. Ambre a choisi une grenouille en jade, et moi, un chat en quartz rose. La vendeuse nous a expliqué qu'ils nous apporteraient la chance, puis elle nous a donné des pochettes de tissu pour les emporter.

Un peu plus tard, au moment d'entrer dans une librairie, j'ai mis la pochette dans ma poche. Maman s'est aussitôt dirigée vers la section des herbes, pendant qu'Ambre se laissait choir dans un fauteuil d'enfant pour lire un livre d'images intitulé *L'arbre intérieur.* Quant à moi, je m'étais immobilisée devant une collection où il était question du mont Shasta.

Un gros livre à reliure spiralée avait attiré mon attention : *Mystères et légendes de la montagne.* J'ai parcouru la table des matières. L'histoire, la géographie et les photographies de sites touristiques ne m'intéressaient pas. Mais les battements de mon cœur se sont accélérés lorsque j'ai trouvé un chapitre intitulé : « Les grands secrets des petites personnes ».

L'histoire m'a fait penser aux grands contes chuchotés par une nuit noire et orageuse. Une civilisation perdue, un peuple d'êtres mystiques capables de voler, de se faire entendre sans parler à haute voix, et de se téléporter grâce aux pouvoirs de l'esprit. Ces êtres vivaient en harmonie avec la nature, jusqu'à ce qu'un terrible déluge vienne détruire leur cité. Les survivants s'étaient réfugiés dans des tunnels secrets sous le mont Shasta.

Il s'agissait seulement d'une légende, expliquait l'auteur de l'article. Mais beaucoup de gens avaient rapporté avoir vu d'étranges lumières et entendu des sons inhabituels autour du mont Shasta. Quelqu'un affirmait même posséder une photographie d'une petite personne magique.

Quand j'ai tourné la page pour regarder la photographie en question, j'en ai eu le souffle coupé.

C'était Hank.

Chapitre quatorze
Magie et espièglerie

DE RETOUR À LA BASE DE PLEIN AIR, J'AI CHERCHÉ Hank partout, mais personne ne l'avait vu ou n'avait la moindre idée de l'endroit où il habitait.

C'était comme s'il n'avait jamais existé.

Ce n'est pas un lutin, me répétais-je dans l'espoir de me convaincre. J'avais très envie d'en parler avec Lucas, mais il se trouvait toujours avec Trevor.

Découragée, je me suis dirigée vers la grange. J'ai été contente de retrouver Jennifer endormie dans le tiroir. En faisant bien attention de ne pas la réveiller, j'ai sorti le coffret de grand-maman de dessous le lit.

Je l'ai ouvert et j'y ai pris mon journal. Les mots BAS LES PATTES ! MORT À CELUI QUI FOURRE SON NEZ ICI, s'étalaient sur la couverture en gros caractères noirs.

C'est encore moi, ai-je commencé à écrire. *Et, bonté divine que je suis déconcertée !*

Ma rencontre avec Vee m'a enseigné qu'il arrive des choses extraordinaires, mais il est difficile de savoir ce qu'il faut croire. Papa est tellement certain que chaque chose possède une explication logique. Il trouve toujours le moyen de prouver que ce qu'il pense est la vérité. Cependant, mes problèmes ne sont pas aussi facilement explicables. Je veux dire, comment pourrais-je expliquer Hank ?

Il a dit qu'il logeait à l'auberge, mais il n'apparaît pas dans les registres.

Il a disparu soudainement, comme par magie.

Et comment a-t-il pu grimper au faîte de cet arbre ?

J'ai refermé mon journal et j'ai froncé les sourcils. Il y avait une explication rationnelle, mais cela défiait toute logique. Hank ne pouvait pas être un lutin. Ses vêtements n'étaient pas verts et il n'avait pas l'air magique. C'était un enfant ordinaire, comme moi. Mais je n'arrêtais pas de penser au garçon aux yeux dorés de la photographie. Il n'y avait qu'une façon de le savoir avec certitude : demander à Hank de me dire la vérité.

Mais pour cela, il fallait d'abord que je le trouve. Et je commencerais à le chercher à la première heure demain mat...

* * *

Le lendemain matin, j'ai été réveillée par des cris.

On dirait madame Truelock, ai-je pensé en repoussant mes couvertures et en sautant hors du lit. Pendant que j'enfilais ma robe de chambre, je cherchais du regard mes pantoufles, mais je ne pus les trouver nulle part. J'ai donc couru dehors nu-pieds.

Un groupe de gens excités s'étaient rassemblés devant le bâtiment principal. Maman, papa, un homme moustachu qui ressemblait à Trevor, ainsi que les Truelock. Tous étaient tournés dans la même direction.

Suivant leurs regards, j'ai levé des yeux étonnés vers un chêne.

Maman nous parlait toujours de la nature ; je savais donc, par l'épaisseur de son tronc, qu'il s'agissait d'un très vieil arbre. Ce chêne majestueux régnait déjà sur cet endroit, grand et digne, bien avant que l'auberge ne soit construite. Mais aujourd'hui, il avait perdu toute dignité.

Des chaussures se balançaient, suspendues par des cordes à des douzaines de branches. Espadrilles, bottes, sandales, escarpins, talons hauts et même une paire de pantoufles molletonnées qui m'étaient familières.

— Ce sont mes pantoufles ! me suis-je exclamée. Mais comment sont-elles arrivées là-haut ?

— C'est la question que nous nous posons tous, Cassie, a répliqué maman en me montrant qu'elle était elle-même sortie en chaussettes. C'est à ce moment-là que j'ai constaté que tout le monde ici présent était soit pieds nus, soit en chaussettes.

— C'est un outrage, se lamentait l'homme à la moustache, sur le même ton arrogant qu'avait pris Trevor avant de me claquer la porte au nez. Quel genre d'auberge permet aux voleurs de s'introduire dans nos chambres et de venir dérober ce qui nous appartient ?

— Je vous assure, Monsieur Tremaine, répondit madame Truelock en se raclant la gorge, que vos chaussures vous seront rendues.

— Et dites-moi donc comment vous allez réussir cet exploit ? Vous ne me semblez pas avoir la forme qui vous permettrait de grimper à un arbre.

— Vous voulez y aller ? rétorqua madame Truelock. J'aimerais bien vous y voir, dans ces coquettes chaussettes roses.

Le père de Trevor émit un *hum !* sonore avant de tourner les talons de ses chaussettes et de rentrer dans l'auberge.

Je regardais madame Truelock qui semblait sur le point de fondre en larmes.

— Le petit monstre est en train de tout ruiner.

— Nos chaussures ne sont pas ruinées, elles sont seulement suspendues, ai-je dit pour tenter de la rassurer.

— Très haut, précisa Lucas.

— Mais mon auberge s'en va à vau-l'eau. La plupart de nos chambres ne peuvent plus servir, la piscine est remplie de poissons et il y a un oiseau perché sur ma sandale argentée. Puis, madame Truelock enfouit son visage dans le creux de l'épaule de son mari.

— Ne t'en fais pas, ma chérie, la réconforta monsieur Truelock en lui tapotant l'épaule. Je m'occupe de tout.

— Trouvez une échelle et je vais grimper dans l'arbre, annonça mon père. Je pourrais même découvrir des empreintes sur les chaussures. Nous allons démasquer ce farceur avant qu'il ne fasse d'autres dégâts.

— Les empreintes digitales ne freineront pas un lutin, dit monsieur Truelock. Vous ne connaissez donc rien aux êtres magiques ? Il va nous falloir trouver son pot d'or et l'obliger à exaucer nos souhaits.

— Allons donc, Truelock, répliqua mon père en secouant impatiemment l'une de ses chaussettes blanches. Vous ne croyez pas vraiment à ces fadaises ?

— Absolument que j'y crois. Et vous y croiriez aussi, si vous aviez vu ce que j'ai vu.

— Les lutins sont un mythe. Quelqu'un vous fait marcher et je le prouverai.

— Contentez-vous d'arrêter ce farceur, conclut madame Truelock avec un sanglot dans la voix. Je suis à bout.

J'étais désolée pour les Truelock et fâchée contre Hank. Lutin ou pas, je savais qu'il était derrière ces vilains tours. Et j'étais déterminée à le forcer à mettre un terme à ses comportements détestables. Mais comme je ne pouvais pas fouiller les bois en chaussettes, je suis alors retournée à la grange.

En approchant de ma chambre, j'ai entendu de la musique. Oh, non ! J'étais consternée. Jennifer faisait encore des siennes !

Et quand j'ai ouvert la porte, elle était là, sautillant sur sa queue comme sur un bâton à pogo duveteux — sauf qu'elle ne dansait pas toute seule.

Elle dansait le hip-hop avec Hank !

De son globe unique, Jennifer cligna d'un œil coupable en me voyant. La musique cessa, et elle alla se cacher derrière Hank.

— *Super duper !* sourit Hank. J'ai toujours rêvé de danser avec un gouffin.

— Tu connais les gouffins ? ai-je demandé, étonnée.

— Bien sûr. Mais ils sont tellement rares que j'en avais seulement vu dans des livres.

— J'ai vu quelque chose d'incroyable dans un livre hier, ai-je murmuré, les jambes flageolantes. Je ne croyais pas que c'était vrai ; je ne voulais pas y croire. Mais c'est bien vrai, n'est-ce pas ?

— Quel livre ?

— *Mystères et légendes de la montagne.*

— Oh, dit Hank en se mordant la lèvre. Tu as vu la photographie ?

J'ai fait signe que oui.

Hank s'éloigna de Jennifer et me regarda d'un air méfiant. C'était la première fois que je le voyais sans sourire, et cela me mis mal à l'aise. S'il était un être magique, quels pouvoirs possédait-il ? Et comment pourrais-je l'empêcher de s'en servir contre moi ?

— Tu… tu es réellement un lutin ? demandai-je, nerveuse.

— Non.

— Dieu merci. Soulagée, je me suis laissée choir sur le fauteuil. L'espace d'une minute, j'ai vraiment eu la frousse. Je veux dire, la magie n'est pas réelle. C'est ce que mes parents m'ont toujours dit…

— Mais par contre, je suis parent avec les lutins, m'a-t-il interrompue. Nous sommes des cousins éloignés.

— Oh ! ai-je gémi. Alors, tu es un être magique ?

— Si tu veux qualifier ça de magique. Ses yeux changeants lançaient des étincelles. Mais mon peuple possède une explication scientifique pour ces habiletés. Pour moi, voler est un acte aussi ordinaire que marcher l'est pour vous.

— Tu peux voler ?

— Mieux qu'un oiseau. Et je peux disparaître, et bien d'autres trucs.

— Le limon vert, les poissons-chats et les pièges. Je pointais un doigt accusateur sur lui. Pourquoi as-tu fait ça ?

— Pour rire. Là d'où je viens, tout le monde est tellement sérieux ! Alors, je me suis enfui pour m'amuser.

— Enfui de quel endroit ?

— De sous la montagne. Les passages sont secrets, et il est interdit d'avoir des contacts avec les étrangers.

— Alors, tu es venu ici pour faire du mal à des gens innocents ?

— Je n'ai fait de mal à personne.

— Oui, tu as fait du mal, ai-je répliqué. Madame Truelock pleurait. Elle est malheureuse parce que tu ruines son commerce avec toutes tes blagues stupides.

— Qu'est-ce que tu racontes, « stupides » ? Cet arbre à chaussures était mon plus beau truc à ce jour. Et attends un peu de voir ce que j'ai concocté pour demain.

— Tu ne feras RIEN de plus, ai-je affirmé en pointant à nouveau mon doigt sur lui. Plus d'algues, plus de poissons et plus de vols de chaussures ! Ou je… je…

— Quoi ? demanda-t-il en gloussant. Tu vas me changer en crapaud ? La dernière fois que j'ai vérifié, c'était moi qui avais des pouvoirs magiques. Pas toi.

— Ce n'est pas drôle ! Il faut que tu arrêtes.

— OK, dit-il en repliant ses jambes et en flottant jusqu'au plafond.

Bouche bée, je le regardais sans y croire. Le soupçonner d'être une créature magique était une chose, mais le voir de mes yeux était une expérience effrayante. J'ai reculé pour chercher la porte derrière moi. J'étais prête à m'enfuir en courant, lorsque j'ai réalisé ce qu'il venait de dire.

— Tu vas vraiment arrêter ? ai-je demandé d'une petite voix.

— À une condition.

Je n'ai pas aimé la façon dont ses sourcils étaient malicieusement arqués.

— Quoi ? ai-je demandé.

— Que tu joues un jeu avec moi. Si tu gagnes, je retournerai chez moi et je cesserai mes facéties.

— Comment puis-je en être sûre ?

— Quand je fais une promesse, je me fais un point d'honneur de la respecter.

Je ne voyais pas ce qu'il pouvait y avoir de mal dans un simple jeu, en particulier si cela pouvait aider madame Truelock.

— OK, dis-je. Marché conclu.

— Et le jeu commence maintenant. Ses yeux se mirent à lancer des rayons dorés et j'entendis un grand CRAAAC ! La seconde d'après, il était parti et une feuille de papier ondulait dans ma main.

Je l'ai dépliée. C'était une carte au trésor.

Chapitre quinze
Prise au piège

CETTE CARTE N'ÉTAIT PAS COMME CELLE QUE LUCAS avait fabriquée. Elle était criante d'authenticité : pattes de mouche à l'encre noire sur papier fin d'un jaune doré. Il n'y avait pas de mots, seulement des marques cryptées à l'intérieur du contour caractéristique du mont Shasta. Les lignes sinueuses représentaient des rivières ou des routes. Et des formes minuscules servaient d'indices : un lapin, une fourche, un chat noir et un trèfle jaune.

— Pas jaune, ai-je murmuré. Mais or, un trèfle d'or !

Je me suis mise à sauter d'excitation. Je savais enfin par où commencer. Et le grand X noir sinueux à l'intérieur du contour précis du mont Shasta m'indiquait ma destination. Un X marque l'endroit qu'il faut atteindre, n'est-ce pas ? Mais comment allais-je m'y rendre ?

La réponse est arrivée le soir même, quand maman m'a dit de prendre une bonne nuit de sommeil parce qu'au matin, nous irions faire de la randonnée dans les sentiers du mont Shasta. J'avais l'habitude de grogner quand venait le temps de faire de l'exercice physique, mais selon la carte, le début du sentier menant au « trésor » se situait à près de 2 400 mètres d'altitude.

J'ai été tentée d'inviter Lucas à participer au jeu, jusqu'à ce que je me rappelle son attitude suffisante parce que je n'étais pas arrivée à lire sa carte mal foutue. De plus, il m'avait laissée tomber pour passer la journée avec Trevor. Puisqu'il préférait s'amuser avec cet enfant acteur à la langue mal pendue, je m'arrangerais toute seule. Je n'avais pas besoin de son aide.

Je me suis dit : « Je vais te montrer, Lucas. Je vais découvrir un vrai trésor toute seule. »

* * *

Ce soir-là, à l'instant où je remettais Jennifer dans son tiroir, j'ai entendu des cris. Saisissant une veste et enfilant mes chaussures, je me suis précipitée dehors.

Un coucher de soleil d'un rouge doré répandait une lumière sinistre au moment où le jour sombrait dans le crépuscule. J'ai vu courir Lucas et j'ai entendu un autre cri au loin.

— C'est papa, gueula Lucas.

— On dirait qu'il a des problèmes !

— Allez, viens ! m'enjoignit Lucas alors qu'il me dépassait en sprintant. Cours plus vite.

— J'essaie… oups ! Je venais de trébucher sur une motte de terre.

Les mauvaises herbes crissaient sous mes espadrilles, et mes vêtements s'accrochaient aux branches. Les appels désespérés de papa devenaient de plus en plus rapprochés. Avait-il été attaqué par une bête sauvage ?

Mon frère avait disparu au-delà du sommet d'une colline. J'arrivais en haut de cette dernière lorsque je l'ai entendu crier : « Je l'ai trouvé ! » Mais quand j'ai rejoint Lucas, je n'ai vu aucun signe de papa.

Un peu perdue, j'ai regardé autour de moi.

— Où est-il ? ai-je demandé.

— Ici, en haut, répondit papa.

J'ai levé les yeux et j'ai aperçu mon père, toujours si digne, suspendu à une branche, la tête en bas, comme une *piñata* humaine.

— Faites-moi descendre ! a-t-il rugi.

— Comment ? ai-je demandé.

— Peu importe ! Son visage devint écarlate. Faites ce que je vous dis !

— Mais il n'y aucune branche basse, fit remarquer Lucas. Impossible de grimper là-haut.

— Trouve une échelle avant que ma tête n'explose !

— OK.

Lucas avait fait demi-tour et s'apprêtait à repartir, mais je l'ai retenu par la manche.

— Attends. Trouver une échelle suffisamment longue va te prendre trop de temps.

J'ai étudié la manière dont la corde qui entoure les chevilles de papa longe une branche, s'enroule autour de deux arbres, puis forme une boucle autour d'une grosse pierre volcanique.

— Je crois que j'ai une meilleure solution.

— C'est quoi ? s'enquit Lucas.

— Si nous dénouons l'autre bout de la corde, nous pouvons nous servir de notre poids pour faire contrepoids à papa et le descendre tranquillement jusqu'à terre.

— On appelle ça l'effet de levier. Je l'ai appris dans un cours de sciences, dit Lucas. Et je sais comment défaire des nœuds complexes. Recule pendant que j'opère ma magie.

Je suis restée derrière, mais la « magie » de Lucas était rouillée. Il tirait et tordait, grognait et agrippait. Finalement, il a tranché la corde à l'aide de son canif.

— Je t'avais dit que je m'y connaissais en cordes.

Soulevant et tirant, nous avons réussi à faire redescendre papa doucement jusqu'au sol. Il a essayé de se mettre debout, mais ses jambes l'ont lâché et il a poussé un cri d'épuisement. Il serait tombé s'il n'avait pu prendre appui sur nos épaules.

— J'ai la tête qui tourne, murmura papa.

— Tu veux t'asseoir ? lui ai-je demandé.

— Non. Ça va aller. Il esquissa un petit sourire. Merci, les enfants.

— Comment t'es-tu retrouvé là-haut ? demanda Lucas.

— Je n'en suis pas certain. J'ai entendu des rires et je suis venu par ici pour enquêter. Papa massa son visage rougi. Soudain, cette corde m'a soulevé de terre et je me suis retrouvé dans les airs, la tête en bas.

— Un piège, dit Lucas en faisant claquer ses doigts.

— Ouais. Mais tandis que je me balançais ainsi, j'ai vu une chose bizarre… Papa se gratta le menton sans finir sa phrase. Je suis sûr que j'ai imaginé tout ça.

— Imaginé quoi ? ai-je demandé.

— Un petit homme aux cheveux roux portant un costume vert luisant.

— Un lutin ! articula Lucas.

— Ils n'existent pas. Il s'agit probablement d'un enfant qui joue des tours. Même si je ne peux pas m'expliquer comment il… Papa leva les yeux au ciel, sans finir sa phrase une fois encore.

— *Quoi ?* avons-nous questionné de concert, Lucas et moi.

— Il a volé jusqu'au sommet de l'arbre, puis il a disparu.

— Comme par magie ! me suis-je exclamée.

— Impossible, insista papa sur un ton ferme. J'ai enquêté des centaines d'événements anormaux et j'ai toujours trouvé une explication logique. Quelqu'un s'est donné beaucoup de mal pour me jouer un vilain tour. Et vous savez ce que cela signifie.

Lucas et moi avons secoué la tête.

— La guerre. Les yeux gris de papa se rétrécirent.

J'ai ravalé ma salive.

— Qu'est-ce que tu vas faire ?

— Ramener mon équipe de télévision pour fouiller chaque centimètre de cette forêt jusqu'à ce que nous ayons retrouvé ce farceur. Je prouverai qu'il est tout ce qu'il y a de plus faux et je veillerai à ce qu'il ne dérange plus jamais personne.

— Comment ? ai-je demandé, nerveuse.

— Je vais le faire arrêter. Le petit bonhomme vert va se retrouver en prison.

Chapitre seize
Le jeu commence

JE N'AVAIS JAMAIS VU PAPA AUSSI EN COLÈRE. MÊME des pouvoirs magiques ne seraient d'aucune aide pour Hank si papa finissait par l'attraper.

Mais je n'avais aucun moyen de le retrouver, à part la carte. Sans compter que la description que papa faisait du farceur me laissait perplexe. Les cheveux de Hank étaient châtains, pas roux. Et je ne l'avais jamais vu porter des vêtements vert luisant. Était-ce un déguisement ou s'agissait-il du vrai Hank ?

Tandis que le gouffin poussait son chant dans le tiroir, j'étudiais la carte. J'avais reconnu le pic du mont Shasta, mais je n'arrivais pas à comprendre ce que représentaient les lignes ondulées. Et que pouvaient signifier le chat, le lapin et la fourche ?

Quand j'ai fini par m'endormir, j'ai été assaillie par des cauchemars. Papa débusquait Hank dans un arbre et lui arrachait ses ailes dorées, de sorte qu'il ne pouvait plus voler. Hank était enchaîné, puis jeté dans un donjon affreux et obscur. Impuissant, Hank secouait les barreaux, ce qui produisait un bruit horrible qui m'écorchait les oreilles.

Quand je me suis réveillée, j'ai réalisé que ce bruit ne provenait pas des barreaux d'une prison, mais de mon réveille-matin.

Et j'étais en retard !

Lorsque je suis finalement arrivée à la suite de mes parents, tout le monde avait déjà terminé son petit-déjeuner. J'avais décidé de dire la vérité à Lucas à propos de Hank, mais je n'en ai pas eu la chance. J'ai avalé d'un trait un jus de fruit, attrapé une galette de riz à la cannelle, puis j'ai couru jusqu'à la fourgonnette.

Papa s'était complètement remis de son expérience de piñata. Il chantait joyeusement au son de sa musique country préférée. Si papa était heureux, cela augurait de gros problèmes pour Hank. Il fallait que je le prévienne avant l'arrivée de l'équipe télé.

Maman lisait une brochure pendant que papa conduisait. Le paysage est très beau quand on prend l'autoroute Everitt Memorial et que l'on traverse la forêt du mont Shasta.

— Est-ce que je vais voir des ours ? demanda Lucas en pressant son visage contre la vitre.

— Je ne crois pas, répondit papa. Les ours ont tendance à se tenir loin des hommes.

— Mais surveille bien le bois au cas où il y aurait du mouvement, ajouta maman, tu pourrais apercevoir un chevreuil.

— Les chevreuils m'ennuient, se plaignit Lucas en recollant son nez à la vitre. Et avant longtemps, il repéra une biche et son faon qui gambadaient à flanc de colline.

La mention des ours sauvages m'avait donné des frissons. J'espérais que papa avait raison en affirmant que les ours évitaient les humains, car je voulais absolument éviter les ours.

La route montait de plus en plus. Lucas avait cessé de regarder par la vitre et avait mis ses écouteurs. Ambre était tellement silencieuse que j'en avais déduit qu'elle dormait. Mais lorsque je me suis retournée pour vérifier, j'ai eu une impression de déjà vu.

Je venais d'apercevoir le gouffin, enroulé sur les cuisses de ma sœur.

— Ambre ! ai-je chuchoté, furieuse. Comment t'as fait pour l'emmener ?

— C'était facile.

— Tu es entrée dans ma chambre !

— Chut, dit Ambre en mettant son doigt devant sa bouche. Jennifer dort.

J'aurais voulu oublier le gouffin. Mais… et si cette créature mangeuse de cheveux s'attaquait à Ambre ? Ou pire encore, si maman et papa la découvraient, s'affolaient et annulaient notre expédition ? Je ne retrouverais jamais Hank ! Alors, j'ai bluffé : j'ai menacé de tout raconter à nos parents si Ambre ne me redonnait pas Jennifer. Elle me l'a remise en reniflant.

Quand j'ai caché le gouffin sous ma chemise, sa fourrure soyeuse m'a chatouillée, et ça m'a fait ricaner.

— As-tu dit quelque chose ? demanda Lucas qui avait relevé la tête pour me regarder.

— Je me parlais.

Il haussa les épaules et détourna la tête.

Un peu plus tard, nous sommes arrivés à la première halte.

— Tout le monde dehors pour le Terrier de la lapine, a annoncé maman. Il y a un sentier pittoresque pour la randonnée.

Lucas zieutait la glacière que maman avait emportée.

— J'aimerais mieux déjeuner.

— Pas avant notre prochain arrêt. Il y a des tables à pique-nique à la Prairie de la panthère.

— La Prairie de la panthère ? ai-je demandé, intéressée. Et ici, c'est bien le Terrier de la lapine ?

Maman fit signe que oui.

— La brochure dit que nous verrons de nombreuses plantes sauvages.

Et des lutins ? me suis-je demandé, devinant que le lapin et le chat dessinés sur la carte représentaient le Terrier de la lapine et la Prairie de la panthère.

* * *

La randonnée était amusante, sauf pour Jennifer. Elle n'arrêtait pas de me chatouiller sous mon t-shirt. J'avais râlé sans arrêt en grimpant une colline, puis je m'étais mise à ricaner. Tout le monde me regardait bizarrement, sauf Ambre, qui riait elle aussi. De retour à la fourgonnette, j'ai dissimulé Jennifer dans mon sac à dos. Ce dernier contenait aussi des bouteilles d'eau, des barres muesli, une lampe de poche et une boussole. J'étais parée à toute éventualité. Enfin, je l'espérais.

Il n'y avait pas beaucoup d'automobiles dans le stationnement de la Prairie de la panthère. Maman trouva une table à pique-nique libre, et pendant que ma famille préparait à manger, je fis semblant de trébucher sur une pierre, tombant par en avant sur mes deux mains — et directement dans une mare de boue.

Papa se précipita pour m'aider à me relever.

— Est-ce que ça va, Cassie ?

— Ouais. Mais je suis très sale, dis-je en lui montrant mes paumes. Je ferais mieux d'aller me laver.

— Il n'y a pas de robinet par ici, fit remarquer maman.

Je m'y attendais et ma réponse était toute prête.

— J'utiliserai l'eau de la source naturelle dont parlait la brochure. L'endroit est censé être un lieu sacré, et je voulais le voir de toute façon. C'est juste après cette colline.

Maman sourit.

— Je suis heureuse de constater que tu t'intéresses à la nature. Quand tu reviendras, je te montrerai une pétition que je fais circuler pour sauver le…

— Il faut que je me dépêche, l'ai-je interrompue avant qu'elle ne se lance dans une conférence assommante. Je vais faire vite.

Puis, j'ai saisi mon sac à dos et j'ai suivi un sentier pentu.

Une fois seule (avec Jennifer), j'ai étudié la carte. Une ligne ondulée reliait le lapin à la panthère. Puis, la ligne se prolongeait vers le haut, croisant d'autres gribouillis et indiquant un sentier venteux qui allait de la panthère jusqu'aux environs du X. Ensuite, le sentier se divisait et formait un petit Y à l'envers. Ou peut-être était-ce un balai. Il me faudrait le découvrir afin d'atteindre le X noir. Et alors, que se passerait-il ?

Il n'y avait qu'une façon de le savoir.

Le jeu avait commencé !

En attaquant le sentier, j'étais attentive au moindre petit bruit. Et je me demandais pourquoi cela s'appelait la Prairie de la panthère. De grandes herbes frottaient contre mes jambes. Arrivée à un embranchement, j'ai fait une pause pour consulter la carte. Ensuite, j'ai viré à gauche jusqu'à une source qui coulait en pente. Cela ressemblait à une ligne sinueuse qui se trouvait sur la carte.

J'ai laissé glisser mon sac à dos qui me creusait les épaules. Puis, je me suis agenouillée et j'ai frotté mes mains dans l'eau glacée. C'était si froid que mes doigts picotaient. En me redressant, j'ai essuyé mes mains sur mon jean. Je sentais le chat de quartz dans ma poche et j'espérais qu'il m'apporterait la chance.

Une fois de plus, j'ai regardé la carte. J'étais en train de l'étudier quand j'ai entendu le craquement de pas dans mon dos.

Je me suis retournée.

— Qu'est-ce que tu fais ici ?

Mon frère me prit par le bras.

— Cache-moi !

— De quoi ?

— De Trevor, il me poursuit, dit Lucas en regardant par-dessus son épaule.

Même si Lucas perturbait mes plans, je ne pus m'empêcher d'afficher un rictus. De toute évidence, les choses ne se passaient pas très bien au pays des stars de cinéma.

— Je croyais l'avoir semé, mais il vient de réapparaître avec son père.

— Ils vont faire de la randonnée, alors, ai-je déclaré en haussant les épaules. C'est pas grave.

— Non ! Il ne veut pas me laisser tranquille.

— Je croyais que tu l'*admirais*.

— Personne n'admire Trevor autant qu'il s'admire lui-même. Tout ce qu'il sait faire, c'est se vanter de ses rôles et montrer ses stupides albums photo. Et si j'entends son petit rire de biscuit Chuckle une fois de plus, je me mets à aboyer.

— D'accord, mais tu ne peux pas rester avec moi.

— Pourquoi pas ? Lucas plissa les yeux. Qu'est-ce que tu fais ici, au fait ? Et c'est quoi, cette feuille entre tes mains ? On dirait…

— Rien ! l'ai-je coupé en cachant ma main derrière mon dos. Tu vas manquer le repas, non ? Maman a emporté tes galettes de blé préférées.

— C'est une carte, n'est-ce pas ?

— Et il y a du jus aux ananas et aux canneberges. Dépêche-toi, dis-je de ma voix de grande sœur la plus suave.

— Montre-moi la carte, Cassie.

— NON !

— Qui te l'a donnée ?

— Ça n'a pas d'importance.

— Qui ? insista Lucas.

— Hank. Maintenant, va jouer avec Trevor et laisse-moi tranquille.

Mais tandis que je m'éloignais, il a étiré le bras pour s'emparer de la carte qui s'est déchirée en deux.

— Tu l'as ruinée ! ai-je crié en secouant ma moitié déchirée.

— Je ne voulais pas… Mais il n'a pas terminé sa phrase. Il regardait fixement devant lui, comme pétrifié. Il ne regardait même pas la carte en lambeaux. Sa main tremblait, pointée sur mon sac à dos, d'où émergeait une tête d'animal extraterrestre à fourrure. Qu'est-ce… qu'est-ce que c'est ?

— Lucas, ai-je articulé après un long silence, je te présente Jennifer.

Chapitre dix-sept
Le pont de la magie

— MAIS QU'EST-CE QUE C'EST ? MON FRÈRE RESTAIT
figé d'étonnement. Et d'où vient-elle ?

— Je vais te le dire si tu me remets le reste de
ma carte.

— OK. Il m'a aussitôt tendu la feuille et s'est
éloigné de Jennifer.

— Mais tu ne dois le dire à personne, c'est
ultrasecret.

Il fit un signe de tête solennel.

— Tout a commencé pendant notre voyage de
camping, lui ai-je expliqué. Puis, je lui ai parlé du
vaisseau spatial en forme de banane, de mon amie

extraterrestre Vee et du gouffin dansant. À la fin de mon histoire, tout ce qu'il a trouvé à dire a été :

— Wow !

— Est-ce que tu me crois ?

— Comment pourrais-je te contredire quand je regarde cette chose ? Lucas observait Jennifer d'un air craintif. Est-ce qu'elle va me mordre ?

— Seulement tes cheveux. Elle est gentille. Vas-y, flatte-la.

— Je… je ne… OK. Il hésitait, puis il tendit la main. Elle ronronne. Je crois qu'elle m'aime bien.

— Elle est très gentille. Mais elle n'appartient pas à cette planète et je ne sais vraiment pas quoi en faire, ai-je ajouté en soupirant. J'y réfléchirai plus tard. Pour le moment, il faut que je prévienne Hank au sujet de papa.

— Je vais t'aider, offrit Lucas.

— Tu veux juste trouver le trésor.

— Toi aussi, m'a-t-il relancée. Et je ne pouvais pas prétendre le contraire.

Nous avons suivi un sentier qui surplombait une colline rocailleuse. Lucas tenait les deux moitiés de la carte et Jennifer dormait sur mes épaules, bienheureuse dans mon sac à dos. J'avais calculé que nous disposions d'au moins vingt minutes avant que papa et maman ne partent à notre recherche. Il nous fallait retrouver Hank au plus vite.

— Est-ce que cet arbre brûlé ressemble à une fourche ? Lucas montra l'arbre du doigt.

— Non, ai-je répondu d'un mouvement de tête. Et ce buisson tordu ?

— Pas du tout.

Nous avons donc continué à avancer. Nous avons emprunté un tronc jeté en travers d'un petit ruisseau, escaladé un étroit plateau rocheux, puis franchi un dédale de longues herbes. Nous avons marché et marché, de plus en plus haut, mais n'avons rien trouvé qui ressemblait à une fourche.

— C'est sans espoir, grogna Lucas.

— La carte montre que le sentier bifurque de ce côté, ai-je déclaré en faisant un geste vers la droite.

— Es-tu certaine que c'est un sentier ? Je vois seulement des arbres. On devrait s'en aller.

Je me suis rappelé à quel point je m'étais sentie nulle quand j'avais renoncé à déchiffrer sa carte ; c'était comme un échec. J'ai secoué la tête.

— Non. Je ne laisse pas tomber.

— Tu préfères te perdre ?

— Tu préfères retourner auprès de Trevor ?

Lucas afficha un air de dépit.

— Pourquoi restons-nous ici ? Allez, il faut trouver le trésor de Hank.

Je me suis abstenue de sourire et nous avons repris notre marche.

Un peu plus loin, le sentier se terminait par une chute. Sur la droite, il y avait une falaise et sur la gauche, un mur d'aubépine.

— Une impasse, dit Lucas avec une pointe de soulagement dans la voix. Maintenant, nous allons devoir abandonner.

— Non ! ai-je protesté en frappant du pied. La fourche doit être quelque part par ici.

— À moins que Hank ne nous ait joué un autre de ses tours.

— Je ne crois pas, dis-je en montrant la carte à mon frère. Les lignes ondulées représentent la chute, et la partie sombre désigne la falaise. Alors, la fourche devrait être par ici.

— Au-delà de la falaise ? demanda Lucas d'un air moqueur. Impossible, à moins que les fourches puissent voler.

— Je sais que ça n'a pas de sens. Peut-être que ces marques sont des indices.

Lucas examina deux minuscules cercles jumeaux.

— On dirait des traces de pas.

— Des traces de pas ? ai-je répété en fronçant les sourcils. Hé, je crois que t'as vu juste. Peut-être que cela nous indique où diriger nos pas.

— Par ici, dit Lucas en s'immobilisant droit devant la chute.

Nous nous tenions côte à côte devant un à-pic qui semblait se prolonger sur des kilomètres. Des bulles d'écume m'éclaboussèrent le visage, et je clignai des yeux à travers les rayons du soleil. La cascade d'eau enterrait tous les sons, à part les battements de mon cœur. L'air glacial traversait mes vêtements.

Quand j'ai entendu de la musique, j'ai pensé que c'était Jennifer. Mais la mélodie provenait de la chute. Bouche bée, j'ai vu un dôme se former dans la cascade d'eau. Une goutte d'eau se balançait sur le plafond du dôme et une cime est apparue au sommet, sous la forme d'un pic arrondi. La goutte a frémi et le carillon a sonné.

Pas une fourche, ai-je réalisé, tout excitée. C'est une cloche géante !

L'eau coulait le long des parois du dôme, mais pas à l'intérieur. Le carillon en forme de langue s'étendait de plus en plus loin, jusqu'à devenir un pont translucide au-dessus du gouffre entre la chute et notre côté de la falaise.

Un tunnel secret dans le mont Shasta !

— La légende est bien réelle ! Nous avons découvert l'entrée, ai-je murmuré en serrant la main de mon frère. Nous étions tous les deux effrayés et excités.

— L'entrée de quoi ? demanda-t-il à voix basse.

— D'une communauté cachée d'êtres magiques ; le peuple de Hank.

Nous restions là, muets, devant le pont d'argent qui surplombait l'eau miroitante comme une invitation à le traverser. Nous nous sommes regardés, hésitants.

— Est-ce qu'on… y va ? demanda Lucas.

— Je pense qu'il faut que j'y aille.

— Alors, moi aussi.

Prudents, nous avons sauté sur le pont. L'eau retombait en pluie de chaque côté sans qu'une seule goutte ne nous atteigne. L'écume bouillonnait sur les rochers qui émergeaient en contrebas, si bas que j'en avais le vertige. Je m'efforçais de regarder devant moi pour continuer à avancer.

Puis, nous nous sommes retrouvés à l'intérieur d'une caverne plus noire qu'un cauchemar.

Zoum ! Derrière nous, le pont argenté s'est replié et le carillon en forme de nuage s'est transformé en bruine. La chute avait repris son cours.

Mais à présent, Lucas et moi la regardions couler de l'intérieur de la montagne.

— *Super duper !* lança une voix en riant. Et Hank était là, dans sa veste de cuir et ses bottes de cow-boy, ne ressemblant nullement à un être magique.

— Qu'est-ce que c'est que cet endroit ? ai-je demandé, émerveillée.

— Ma maison. Il pointa le doigt en direction de l'ouverture de la caverne, et il y eut un éclair aveuglant. Félicitations pour une partie bien menée. Tu as gagné.

Et sur ces mots, la caverne se referma, nous emprisonnant à l'intérieur.

Chapitre dix-huit
Histoires véridiques

J'AI ESSAYÉ DE NE PAS PANIQUER, MAIS J'AI ÉCHOUÉ misérablement.

— Laisse-nous sortir ! Je frappai du poing sur le mur. Tu ne peux pas nous garder prisonniers ici.

— Vous n'êtes pas prisonniers, dit Hank en souriant. Vous êtes mes amis.

— Alors, montre-nous la sortie, ordonna Lucas.

— Pas avant de vous avoir fait faire le tour. Vous allez adorer ça. Suivez-moi.

Je me demandais à quel jeu il jouait. Comme l'entrée de la caverne était fermée, il n'y avait qu'une façon d'en sortir. Alors, nous avons suivi Hank dans les profondeurs du tunnel.

Le bruit de l'eau qui coule s'estompa tandis que nous longions un passage en forme d'arche éclairé par des ampoules lumineuses qui s'y balançaient. En y regardant de plus près, j'ai réalisé qu'il ne s'agissait pas d'ampoules, mais de petites créatures électriques semblables aux lucioles que j'avais vues quand nous avions rendu visite à tante Betty dans l'Indiana.

Nous avancions silencieusement, comme si nous marchions sur du coton. Les murs de pierres sombres devinrent bientôt clairs comme du cristal, et je pouvais apercevoir mon reflet qui me suivait à côté de moi. Mes yeux gris s'écarquillèrent et mes joues rougirent d'excitation, comme lorsque je m'imposais de faire un tour dans la spirale de la mort à la fête foraine.

— Voici la Chambre Céleste, annonça Hank au moment où nous franchissions une porte en forme d'étoile. Seuls les Anciens y sont admis.

— Que viennent-ils faire ici ? ai-je demandé.

— Ils communiquent avec des amis éloignés.

— Sur d'autres continents, comme l'Europe et l'Australie ? suggéra Lucas.

— Plus loin encore. Hank pointa le doigt vers le haut. Au-delà des étoiles et des planètes. Mais je ne peux en dire davantage. Il y a des règles que moi-même, je n'enfreindrai jamais.

Il nous emmena dans un coin où le passage allait se rétrécissant et là, j'ai remarqué une petite porte de briques dissimulée dans un mur.

— Qu'est-ce qu'il y a là-dedans ?

— Rien d'intéressant ; des diamants, des rubis et des émeraudes.

— Rien d'intéressant ?! Mais les pierres précieuses valent beaucoup d'argent. Un minuscule diamant pourrait acheter des centaines de cartes de membre du Club des Splendides, ai-je ajouté, nostalgique.

— L'argent n'a aucune valeur ici. Je vais vous montrer quelque chose de bien mieux. Hank nous indiqua une porte garnie de boutons ronds bleus, rouges et verts. Après avoir touché un bouton vert, son doigt se mit à scintiller. Plutôt que de s'ouvrir de l'intérieur ou de l'extérieur, la porte disparut simplement. Et nous sommes entrés.

La pièce en forme de dôme était vide, sauf pour les ombres qui dansaient sur les murs. Des lumières vives flottaient au plafond et nous étions entourés par de doux murmures.

— C'est la Chambre des Histoires, précisa Hank.

— Que sont ces bruits ? ai-je demandé.

— Des chuchotements. Ils vous attendent.

— Qui ? demanda Lucas, inquiet.

— Les ancêtres de la mémoire. Hank marcha jusqu'à un mur et pointa le doigt en direction des ombres. Chacun d'eux a des millions d'histoires à raconter. Vous n'avez qu'à demander.

— Quel genre d'histoires ?

— Des histoires véridiques.

— Une leçon d'histoire, ai-je prononcé, désappointée. J'en entends bien assez à l'école.

— Je préférerais écouter une aventure excitante comme *Les Trois Mousquetaires* ou encore, *Songe d'une nuit d'été*, ajouta Lucas.

— Ou *Le Seigneur des anneaux*, ai-je renchéri en gratifiant Hank d'un regard éloquent. Il était en effet assez petit pour être un hobbit et sa maison me rappelait le Moyen Âge.

— Mais ces histoires *sont* vraies, insista Hank.

— Impossible, se moqua Lucas.

— L'imagination est la vérité déguisée. Où croyez-vous que Tolkien et Shakespeare ont pris leurs idées ? En gloussant, Hank nous pressa d'essayer une histoire.

Mes yeux s'habituèrent au mouvement rapide des ombres, et j'ai pu distinguer le charmant visage d'une dame. J'ai perçu le froissement de ses longues manches lorsqu'elle s'est avancée pour me chuchoter : « Demandez, demandez, demandez. »

— Eh bien… d'accord, ai-je dit en déglutissant avec difficulté. S'il vous plaît, racontez-nous une histoire.

Un vent fort souffla dans ma direction. Les lettres de l'alphabet se mirent à voltiger dans les airs comme de petits oiseaux. J'ai senti des bras aimants qui me soulevèrent pour aller me déposer douillettement sur des genoux accueillants. Lorsque la dame a commencé à raconter son histoire, j'ai été subjuguée par la beauté de sa voix.

— Il y avait une jeune fille nommée Kathy, qui te ressemblait beaucoup. Elle aimait les fleurs, les arbres et les animaux sauvages. Ses longues tresses châtaines dansaient au vent quand elle jouait dans les bois. Des heures durant, elle restait assise au milieu des fleurs sauvages, à l'ombre des arbres, pour dessiner.

La conteuse d'histoires me plongea dans le monde de Kathy. Assise à ses côtés, je la voyais dessiner un écureuil aux joues rondes et un faon aux grands yeux. Je humais l'odeur des pins, j'entendais les oiseaux et je sentais le baiser rafraîchissant de la brise estivale.

— Hélas, poursuivit la conteuse, la famille de Kathy possédait une entreprise de construction qui voulait raser la forêt pour construire de nouvelles maisons pour les familles.

— Non ! me suis-je écriée en soupirant.

— Cela rendit Kathy très triste. Et qu'arriverait-il aux familles qui vivaient déjà dans la forêt ? demanda Kathy en pleurant. Les oiseaux, les chevreuils, les écureuils et les autres animaux ? S'il vous plaît, ne détruisez pas leurs demeures. Mais les parents de Kathy refusaient en disant : Tu es trop petite pour comprendre.

« Kathy était petite extérieurement, mais elle était grande à l'intérieur. Elle fit circuler une pétition pour sauver la forêt. Elle recueillit des centaines de signatures et les remit au maire. Cela ne fonctionna pas, mais la pétition attira l'attention de la station de télévision locale. On invita Kathy à participer à une émission pour parler de l'importance de la forêt. Elle montra ses dessins d'arbres majestueux et de créatures merveilleuses. Une femme riche qui regardait l'émission à ce moment-là offrit son aide. Elle acheta la forêt et en fit don à la ville au nom de Kathy. La forêt devint un

sanctuaire pour les animaux sauvages. Aujour-
d'hui, ce bois est un espace protégé.

— Et Kathy ? ai-je demandé. Qu'est-elle
devenue ?

— Évidemment, elle a grandi ! Elle a épousé un
journaliste de presse qui travaillait pour la télé et
elle a baptisé sa première fille Cassandre.

La conteuse a murmuré « Au revoir », puis elle
a disparu dans le mur de cristal.

Je suis restée figée par la surprise. Mon nom
était Cassandre ! Le nom de maman était Katherine,
et papa avait déjà été journaliste de presse. Tout
compte fait, les pétitions de maman n'étaient peut-
être pas aussi stupides que je l'avais cru. Nous
pouvions tous donner un coup de main pour venir
en aide à notre monde. C'étaient des personnes
comme ma mère qui provoquaient les changements.

Lucas se rapprocha de moi.

— J'ai entendu la meilleure histoire ! Elle
parlait d'un journaliste qui prétend être une vieille
dame riche afin de débusquer un voleur de bijoux.
Le voleur a eu la surprise de sa vie quand le gars a
enlevé son masque et lui a asséné un coup de poing
qui l'a allongé au sol. Ça semblait si réel, comme
si c'était vraiment arrivé.

— Peut-être que c'est arrivé, ai-je répliqué.

Puis, nous avons suivi Hank hors de la pièce.

Nous avions à peine fait quelques pas qu'il nous indiqua une porte bleu pâle de forme ovale.

— Voici la Chambre de la Guérison, annonça Hank, la porte ayant disparu dès qu'il l'eut touchée.

Regardant à l'intérieur, j'ai vu une pièce immense remplie de bols de cristal de toutes les grandeurs, allant de la grosseur d'un poing à celle d'un réfrigérateur. Quelques-uns des bols tournaient sur eux-mêmes et bourdonnaient énergiquement.

— Pourquoi y a-t-il autant de bols ? ai-je demandé.

— Pour soigner de nombreuses maladies. Ils guérissent par les sons et les vibrations.

— *Cool*, s'exclama Lucas. Montre-nous comment ils fonctionnent.

Hank fit signe que non.

— Cette pièce est sacrée. Si les aînés savaient que vous êtes ici, ils nous jetteraient tous dans le Trou.

— Le Trou ? ai-je articulé en avalant ma salive. Qu'est-ce que c'est ?

— Tu ne veux pas le savoir. Mais vous n'êtes pas en danger, car personne ne sait que vous… Hank se tut. Quelqu'un approche !

— Oh, non ! Je regardai autour de moi, paniquée. Que pouvons-nous faire ?

— Vite, cachez-vous !

— Où ? avons-nous demandé d'une même voix.

— Entrez là-dedans. Hank nous indiqua une grosse jatte de cristal.

Chapitre dix-neuf
L'imagi~Nation

J E ME SUIS CACHÉE DANS LA JATTE AVEC LUCAS.

— Vous pouvez voir dehors, mais personne ne peut voir dedans, nous expliqua Hank.

— Comme un miroir sans tain, ai-je murmuré.

— Ce serait génial pour jouer à la cachette, ajouta Lucas.

La jatte ne bougeait pas, et pourtant, on aurait dit qu'elle vibrait et tintait, telle une pluie de rayons de soleil. Je me suis détendue et j'ai cessé d'avoir peur. Je savais que Jennifer aussi aimait la jatte, car le ronronnement dans mon dos s'était intensifié.

Un homme très grand et très mince, vêtu d'une toge jaune, s'approcha de Hank.

— Bonjour maître Ventoya, dit Hank sur un ton respectueux.

— Bonjour, jeune Hanniscorn. Le visage sévère et aux traits irréguliers de l'homme me rappelait une sculpture de bronze. Qu'est-ce qui t'amène aussi loin de ta chambre privée ?

— Mes rythmes étaient lents, alors, je suis venu chercher des sons de guérison.

— Je suppose que tu vas mieux, maintenant ?

— Beaucoup mieux, répondit Hank, solennel-lement. Merci de vous en soucier.

— Bon retour, dit le maître en faisant une pro-fonde révérence. Je te souhaite une bonne journée. Puis, il poursuivit sa déambulation dans le corridor.

— La voie est libre, dit Hank. Sortez.

Fraîche comme si je sortais d'un sommeil répa-rateur, j'ai suivi Lucas hors de la cloche.

— Comment ce type t'a-t-il appelé ? demanda Lucas.

— Hanniscorn est mon nom de famille, mais je préfère Hank. Maître Ventoya est un aîné impor-tant du septième niveau.

— Septième niveau ? l'ai-je interrogé en fronçant les sourcils. Il aurait donc près de soixante-dix ans ?

Hank éclata de rire en se donnant de grandes tapes sur les genoux.

— Elle est bien bonne, Cassie !

— Pourquoi ? ai-je demandé.

— Mon peuple ne vieillit pas.

— Impossible. Tu as l'air d'avoir dix ans !

— Pas dix ans — dix *siècles*, répliqua-t-il en riant de plus belle. Le temps passe différemment par ici. Avec la connaissance, nous atteignons des niveaux plus élevés, et notre croissance mentale se mesure en centimètres. Les aînés les plus évolués dépassent les trois mètres cinquante.

— Alors, comment se fait-il que tu sois plus petit que moi ? demanda Lucas.

— Parce que je ne perds pas mon temps à étudier, répondit Hank en se renfrognant. C'est tout ce que tout le monde veut faire par ici. À mourir d'ennui !

— Tu préfères sortir pour jouer des tours, l'ai-je accusé.

— Ouais ! C'était génial.

— Pas pour les Truelock.

— J'ai cessé comme je l'avais promis, reprit Hank en souriant. Maintenant que vous êtes ici, je ne m'ennuierai plus jamais. Venez ! Je vais vous montrer la Chambre Imagine.

Avant d'avoir pu poser d'autres questions, il nous guida vers un autre corridor, puis donna un coup sur un simple panneau de bois qui s'est alors transformé en porte.

— C'est vide, ai-je dit, désappointée, en regardant autour de moi.

— Et minuscule, ajouta Lucas. Ma penderie est plus grande que ça.

— C'est parce que vous regardez avec vos yeux. Hank se tapa le front. Regardez avec votre imagination.

Cela n'avait aucun sens, mais rien n'avait de sens depuis que nous avions traversé le pont pour nous retrouver dans ce lieu étrange. Alors, j'ai fermé les yeux et j'ai vu les murs prendre de l'expansion. Je les ai peints jaune soleil, puis j'ai imaginé le paysage océanique qui décorait les murs de la suite de mes parents. J'avais toujours rêvé d'un lit à baldaquin, alors, j'ai ajouté un lit avec quatre montants et un baldaquin paré d'un volant de dentelle, en plus d'un tas d'oreillers moelleux.

Puisque j'y étais, j'ai aussi imaginé un téléviseur à écran géant et une baignoire à remous.

Quand j'ai ouvert les yeux, je me trouvais au beau milieu d'une suite spacieuse digne d'une princesse.

— *Cool !* s'exclama Lucas. Il y a des bottes de foin et un grenier comme dans la grange où nous longeons.

— Impossible, ai-je objecté. C'est une suite luxueuse.

— T'es folle, Cassie. Fais attention, tu pourrais marcher dans cette bouse de vache.

— Et tu vas tomber dans la baignoire à remous.

— Vous avez tous les deux raison, trancha Hank avec un sourire.

— Comment Lucas et moi pouvons-nous voir deux pièces différentes ?

— Facile, répondit Hank. Tout ce que vous imaginez devient réel.

— Mille sabords, je vais devenir pirate. Lucas brandit le bras comme s'il tenait une épée. Mon équipage m'attend sur un bateau muni de voiles noires. J'aperçois, battant au vent, un drapeau arborant un crâne et des os qui s'entrecroisent.

— Voguez au loin, capitaine Lucas, lui dit Hank en saluant.

Plutôt que d'imaginer quelque chose, j'ai pensé à quelqu'un.

Rosalie.

Et elle était là. Elle chassait de son visage une épaisse mèche de cheveux noirs en apparaissant sur le seuil d'une fenêtre qui n'existait pas un instant plus tôt. Elle me fit un signe de la main et m'appela.

J'ai commencé à avancer, puis je me suis arrêtée. La vraie Rosalie se trouvait à plus de trois cents kilomètres.

— C'est comme un jeu de réalité virtuelle, dis-je, les yeux écarquillés. Pendant que je parlais, la fenêtre s'estompa, le mur vide réapparut, et Rosalie était partie.

— C'est plus amusant de faire semblant, dit Hank.

— Mais on ne peut pas faire semblant tout le temps, ai-je objecté.

— Pourquoi pas ? dit-il, me mettant au défi. Personne ici ne va nous en empêcher.

— On ne peut pas rester plus longtemps de toute façon, ai-je expliqué.

— Cassie a raison. C'était super d'être ici, mais il faut qu'on s'en aille. Lucas se balançait à quelques centimètres du sol, pendu à une corde que je ne pouvais voir.

— Ouais, ai-je ajouté. Nous devons retourner auprès de nos parents.

Hank secoua la tête.

— Non, pas question.

— Pourquoi pas ? Lucas fit une chute comme si la corde venait de se rompre.

— Parce que c'est ici que vous demeurez, à présent. Hank nous jeta un regard sérieux. Vous allez rester et devenir mes meilleurs amis. Pour toujours.

Chapitre vingt
Partir ou rester ?

L UCAS ET MOI N'AVONS PAS TELLEMENT APPRÉCIÉ LA
nouvelle. Nous avons argumenté et menacé et
plaidé notre cause, mais Hank refusa obstinément
de nous montrer le chemin de la sortie.

Tandis que Hank traversait le corridor à grands
pas, j'ai chuchoté à l'oreille de Lucas :

— Joue le jeu afin que Hank pense qu'on veut
rester.

— Mais je ne veux pas rester. Je vais rater mes
cours de théâtre.

— Et je ne verrai plus Rosalie. Mais ce sera plus
difficile de nous enfuir si Hank sait que nous

complotons pour partir. Il faut le convaincre que nous souhaitons rester.

— Je ne suis pas assez bon comédien.

— C'est notre seule chance de nous en sortir.

— Bien… je vais essayer, promit-il en se mordant la lèvre.

— Ne t'inquiète pas, on va s'échapper d'ici. J'avais l'air sûre de moi, mais à l'intérieur, j'étais terrifiée. Plus nous nous enfoncerions dans le souterrain, plus il nous serait difficile par la suite de retrouver la sortie. Je pensai à nos parents qui devaient nous chercher, tout là-haut. Ils nous rechercheraient en criant nos noms encore et encore, mais seul l'écho leur répondrait. Et Ambre se mettrait à pleurer.

Ravalant ma salive avec difficulté, j'ai suivi Hank dans une pièce où se trouvait un lit en bois rond, une étroite commode en pin ainsi qu'une étagère où des statues de chevaux minuscules caracolaient dans un manège miniature. Les murs étaient jonchés de peintures rustiques de cow-boys lançant leurs lassos et de chevaux sauvages au galop. Enfin, un fauteuil de cuir qui avait la forme d'une selle gigantesque craquait légèrement en se balançant d'avant en arrière.

— Eh bien, est-ce que vous aimez ma chambre ? demanda Hank fièrement.

— C'est super, ai-je répondu, émerveillée. Les statues, on dirait de vrais chevaux.

— Ce sont des vrais. Quand je veux monter à cheval, je rétrécis et je pars au galop dans l'une des images. J'ai toujours rêvé d'être un cow-boy.

— J'étais un cow-boy le mois dernier. Mais mon cheval était un balai, répliqua Lucas avec un petit sourire. Et qui a peint ces tableaux ?

— Moi. J'ai utilisé un pinceau d'expérience.

— Un quoi ? s'étonna Lucas en s'assoyant sur le lit.

— Un pinceau formé par des maîtres. Pourquoi apprendre à peindre quand les pinceaux peuvent le faire à notre place ? Pendant que le pinceau peignait, je jouais dans l'Aréna. C'est l'endroit le plus génial sous terre, conclut-il. Je vous le montrerai demain.

— Demain ? Pourquoi pas maintenant ? ai-je demandé.

— Parce que c'est la nuit.

— Ce n'est pas possible ! Nous n'avons même pas dîné.

— Avez-vous faim ?

J'allais répondre « oui », mais je me suis mise à bâiller. Je me sentais soudainement si épuisée que tout ce que je souhaitais, c'était dormir. Je n'avais aucune idée de l'heure qu'il était, car ma montre-bracelet s'était arrêtée à 13 h 46, comme si le temps avait cessé d'exister au moment où nous avions traversé la chute.

Hank m'offrit son lit, puis il prépara des lits de camp pour lui et Lucas.

Jennifer sortit de mon sac à dos et se mit en boule sur mon oreiller. Son ronronnement me calma aussitôt et j'ai fermé les yeux.

J'ai fait le vœu de retrouver le chemin de la maison dès le lendemain.

* * *

À mon réveil, les rayons du soleil pointaient à travers une fenêtre pratiquée dans le plafond. Je ne croyais pas qu'il s'agissait du vrai ciel, mais c'était joli.

— Bonjour, lança Hank. Son lit de camp était replié, et il portait une combinaison bleu marine taillée dans un tissu où scintillaient des étoiles. Ses bottes de cow-boy noires dépassaient des jambes de son pantalon.

Lucas était bizarrement vêtu lui aussi, dans une combinaison d'un noir intense.

— Je suis un magicien, dit Lucas en s'inclinant et en faisant un salut théâtral du bras. Ne me cherche pas noise, fille mortelle.

J'ai grogné. Lucas le Cabotin était de retour.

— Il te faut de nouveaux habits aussi, me dit Hank.

— Non merci. Je couvris mon t-shirt de façon à le protéger. J'aime mes vêtements.

— Tu passeras plus facilement inaperçue si tu t'habilles comme tout le monde.

— Que se passera-t-il si on nous découvre ? ai-je demandé, mon cœur s'étant mis à battre en accéléré en pensant au « Trou » dont Hank nous avait parlé.

Hank se contenta de hausser les épaules.

— Mon peuple est paisible et poli. Tant que vous n'enfreindrez pas les règlements, personne ne viendra vous embêter. Maintenant, lève les bras, Cassie.

Des manches de dentelle soyeuse apparurent sur mes épaules, et une robe brodée de petits diamants et d'émeraudes flottait tout autour de moi. Le jabot de la robe constituait une bonne cachette pour Jennifer. Lorsque je l'ai enroulée autour de mon cou, elle s'est mise à ronronner. Puis, quand Hank nous conduisit dans un long corridor, j'étais trop déroutée pour protester. Il fit quelques détours avant de s'arrêter devant une porte en forme d'arche.

— Voici l'Aréna, annonça-t-il, surexcité.

Nous sommes entrés dans un parc d'attractions où se trouvaient des glissoires en spirale aussi hautes que des gratte-ciel, des montagnes russes en forme de dragon crachant le feu, un dédale de miroirs où notre propre reflet se moquait de nous, et même un théâtre avec un rideau fermé qui dissimulait la scène d'un bout à l'autre. La seule chose qui manquait, c'était d'autres personnes.

Le visage de Lucas s'illumina en découvrant le théâtre. Il était si stupéfait qu'il ne put prononcer qu'un seul mot :

— Wow !

Il se rendit en courant dans les coulisses et y trouva accessoires et costumes. Il annonça qu'il jouerait un acte pour nous, puis disparut derrière le rideau. Au bout de quelques minutes, le rideau se leva et ce que je vis sur scène était à couper le souffle. C'était la nuit, dans un château. Il y avait des torches, un brouillard menaçant et des chevaliers en armures. J'étais impressionnée.

Puis, Lucas s'avança sur la scène, en costume, l'air très sérieux. « Être ou ne pas être, telle est la question. Y a-t-il plus de noblesse d'âme à subir la fronde et les flèches de la fortune outrageante… »

Lucas joua ainsi pendant un moment, et puis soudainement, ce fut plus fort que moi. J'ai pouffé et donné un coup de coude à Hank.

— Lucas a mis des collants !

— *Chut !* Il joue *Hamlet*. C'est une pièce célèbre de Shakespeare.

— Oh.

J'ai continué à regarder la scène. Lucas déambulait toujours en se parlant à lui-même. « Qui, en effet, voudrait supporter les flagellations et les dédains du temps, l'injure de l'oppresseur, l'humiliation de la pauvreté, la détresse de l'amour méprisé, les lenteurs de la loi… »

Je chuchotai à l'oreille de Hank :

— Ça veut dire quoi, *méprisé ?*

— *Chut !* Ça veut dire qu'on s'en moque, répondit Hank tout bas.

Lucas poursuivit sa tirade quelques minutes encore, marchant et se frottant les mains ensemble. Je ne comprenais pas la moitié de ce qu'il disait, mais il était si convaincant et dramatique que j'en avais presque oublié qu'il portait des collants. Quand, enfin, Lucas s'arrêta, Hank et moi avons applaudi très fort tandis qu'il saluait.

Nous avons ensuite exploré le labyrinthe des miroirs, nous heurtant à nos reflets qui nous invectivaient parce que nous les dérangions. Nous nous sommes mis à crier pareillement, et nous moquant ainsi de nous-mêmes. Pendant que nous glissions, que nous nous balancions et que nous faisions d'excitants tours de manège, le temps s'écoulait rapidement. Je savais que je ferais mieux de préparer notre fuite, mais cela m'apparaissait être de moins en moins important.

Nous nous sommes arrêtés de jouer juste assez longtemps pour manger. Hank nous emmena dans une pièce qui me rappela la cafétéria d'une école, mais en plus fantaisiste. Il y avait une longue table garnie d'assiettes, d'argenterie et de verres de cristal, et les chandelles nous souhaitèrent la bienvenue en vacillant. Nous étions les seuls invités d'hôtes très spéciaux.

— Qui sont-ils ? ai-je chuchoté à l'oreille de Hank, en essayant de ne pas fixer ces êtres courts et dodus, aux visages souriants, roses et ronds comme la lune. Ils possédaient six bras longs et mous, et leurs pieds étaient munis d'orteils qui tournaient comme des roues. Plutôt que de courir, ils roulaient à toute vitesse de table en table pour servir les repas.

— Ce sont des Grubmés. Les aînés les ont sauvés d'une planète agonisante. Cuisiner est leur raison de vivre, et ils peuvent apprêter tous les mets que nous voulons. Ce sont les meilleurs chefs de l'Univers.

Lucas et moi nous sommes regardés, excités. Fini le tofu, les germes de blé et les casseroles de légumes. Cochonneries, nous voici !

Nous nous sommes régalés de crème glacée à la fraise et au caramel, accompagnée de frites. Pour dessert, nous avons mangé de la pizza. Le lait ou le jus avait été remplacé par des sodas aux fraises. Nous avons mangé comme des cochons jusqu'à ce que nous n'en puissions plus.

Prochain arrêt : la Chambre Imagine. Nous avons décollé sur des vaisseaux de guerre volants, puis nous nous sommes payé une guerre de chat-chatouille. Nous étions chacun armé de six bâtons à chatouiller (ressemblant à des flèches à embout de plumes). Quand nous leur commandions d'attaquer, nos bâtons poursuivaient l'« ennemi » et se mettaient à le chatouiller sans répit. Lucas était particulièrement vulnérable à ce niveau et il riait si fort qu'il en avait des larmes plein les yeux. Puis, les garçons se sont alliés contre moi et m'ont servi une terrible attaque de chatouilles. Perdre au jeu n'avait jamais été aussi amusant.

La journée fut tellement longue qu'elle donna l'impression d'avoir duré une semaine. À la fin, nous étions épuisés et nous sommes retournés dans la chambre de Hank.

Toutefois, lorsque nous avons ouvert la porte de Hank, nous nous sommes retrouvés dans un passage où nous pouvions apercevoir trois portes peintes de différentes couleurs : bleu, brun et pourpre.

— Où est passée ta chambre ? demanda Lucas à Hank.

En souriant, il a indiqué la porte brune.

— Elle est là. La porte bleue mène à ta chambre.

— Et la pourpre, c'est la mienne ? me suis-je empressée de demander.

— Ouais. Entrez-y jeter un coup d'œil.

J'ai tourné le loquet et j'ai pénétré dans une suite qui aurait convenu à une reine. Je me suis aussi sentie un peu royale, ainsi parée de diamants et d'émeraudes. J'ai posé le pied sur un tapis moelleux couleur de prune givrée et je me suis dirigée vers un magnifique lit à baldaquin. Il était jonché de coussins de satin or et pourpre, et on y retrouvait également un édredon lavande brodé de licornes. En plus, il y avait une coiffeuse à miroirs ainsi qu'une penderie remplie de robes scintillantes.

La chambre de Lucas était tout aussi géniale. Elle était décorée comme un théâtre, avec des photographies de spectacles et des affiches sur les murs, de même qu'une marquise de velours cramoisi drapée autour du lit tel un rideau de scène. Lorsqu'il pressa un bouton pour ouvrir les rideaux, on entendit une salve d'applaudissements. Lucas salua ses fans imaginaires en s'inclinant.

— Est-ce que t'aimes ça ? demanda Hank à mon frère.

— Si j'aime ça ! Je pourrais rester ici toute ma vie !

— C'est mon plan. Hank se tourna vers moi. Et toi, Cassie ? Aimes-tu ta chambre ?

Ma chambre. Rien que d'entendre ces mots me donna la chair de poule. Pas une chambre que je partagerais avec Ambre, mais *ma* chambre. Je n'arrêtais pas de supplier mes parents afin d'avoir une chambre à moi. Ambre était bien correcte pour une sœur, mais en tant que compagne de chambre, elle me rendait folle. C'était une vraie maniaque de propreté et elle se plaignait chaque fois que je laissais mes affaires sur le plancher.

Mais je n'allais pas demeurer ici très longtemps.

— Cette chambre est très bien, ai-je dit à Hank. Tout a été parfait aujourd'hui.

— Et ça ira de mieux en mieux. J'ai organisé un tas de surprises. Hank sauta de joie. Je vous en prépare une autre sur-le-champ.

Après son départ, je me suis tournée vers Lucas.

— Bien joué. Hank pense vraiment que tu veux rester.

— Eh bien… commença Lucas en enlevant une plume qui le chatouillait dans ses cheveux. Ce n'était pas difficile.

— Nous allons pouvoir nous enfuir demain. J'ai une boussole et une lampe de poche dans mon sac à dos. Ça devrait nous faciliter les choses.

— Pourquoi se presser ? Hank a dit qu'on pourrait regarder de vieux classiques du cinéma. Et j'adore la nourriture ici. Il se pourléchait les babines. Maman ne nous a jamais permis de manger de la crème glacée au dîner.

— Ou de la pizza à croûte mince avec double garniture de fromage. J'en avais l'eau à la bouche. Mais on ne devrait pas parler ainsi.

— Pourquoi pas ? interrogea Lucas en haussant les sourcils.

— Rester ici est en train de nous changer. Quand je pense à maman et papa, je n'arrive pas à me rappeler leur visage. Cela pourrait faire partie de la magie de ce monde, le fait de brouiller nos souvenirs. Comme si plus nous nous amusions, plus nous oubliions nos vraies vies.

— Hank est plus amusant que toutes les personnes que je connais. Il aime les films et Shakespeare, comme moi.

— Ouais, mais il n'est pas notre famille. Il faut que nous rentrions à la maison.

— Non, nous ne sommes pas obligés.

J'ai planté mes doigts dans mon édredon doux et confortable.

— Qu'est-ce que tu racontes ?

— Je dis que j'aime ça, ici. Il croisa les bras. Cassie, je ne vais nulle part. Je reste.

Chapitre vingt et un
Maristella

L A PANIQUE M'ÉTREIGNIT LE CŒUR. LUCAS NE pouvait pas être sérieux ! Il n'était plus lui-même. C'était comme si on lui avait jeté un sort ou fait un lavage de cerveau. Mais pas moi… en tout cas, pas encore. Mes souvenirs de maman, papa, Ambre et même Rosalie étaient flous. Disparaîtraient-ils complètement si je restais plus longtemps ? Il fallait que je sorte de là avant que ça ne se produise. Mais comment pourrais-je partir sans mon frère ?

Alors, reste, murmura une voix dans ma tête.

Si je restais, je ne serais pas obligée de commencer une nouvelle année scolaire dans quelques semaines. En tant que « petite » élève de sixième, je me retrouverais perdue dans une meute d'enfants plus grands ; on me bousculerait, on me taquinerait, ou pire, on m'ignorerait. Je préférais l'école élémentaire, où j'avais un seul professeur toute la journée. Cela me faisait peur de devoir aller d'un professeur à l'autre. Et si Rosalie choisissait de se tenir avec ses nouvelles amies du Club des Splendides ?

Au plus profond de moi, je savais que ce n'était pas bien de rester, mais j'avais du mal à me rappeler pourquoi ; quelque chose à voir avec ma famille. Mes pensées étaient nébuleuses et mes sentiments embrouillés. Je déciderais demain si je devais partir ou non.

Cette nuit-là, mes rêves ne furent pas de tout repos. Et je me suis réveillée avec une nouvelle idée de jeu.

— Vous m'avez tous deux donné une carte au trésor, ai-je dit aux garçons. Maintenant, c'est mon tour.

— Super ! répondit Hank en passant un peigne dans ses cheveux mousseux.

— Et le trésor, ce sera quoi ? s'enquit mon frère.

Je me suis gratté le menton, me donnant l'air de réfléchir. Qu'est-ce qui ferait un bon trésor ? L'argent et les bijoux n'avaient pas de valeur ici. Même la magie était banale.

— J'ai trouvé ! ai-je lancé en claquant des doigts. Je vais cacher un trésor qui ne provient pas de ce monde.

— Quoi ? demandèrent-ils.

Et je leur ai montré l'extraterrestre endormi sur mon oreiller.

Puis, j'ai pris Jennifer dans mes bras et je l'ai cachée dans le col de ma robe.

Tandis que les garçons se trouvaient à l'Aréna, je me suis arrangée pour trouver une meilleure cachette.

Chaque fois que je rencontrais quelqu'un portant une tunique, je me crispais. Pouvaient-ils deviner que j'étais une étrangère ? Allaient-ils se mettre à crier pour déclencher l'alerte ?

Mais il n'y eut jamais aucun cri, rien que des sourires. Grandes ou petites, les personnes vêtues de tuniques se contentaient de s'incliner poliment et d'aller leur chemin. C'était vraiment tentant de rester — par contre, « pour toujours », c'était une période de temps beaucoup trop longue pour demeurer loin de ma famille.

Peu importe la décision que je pouvais prendre, cela aurait été une bonne idée de savoir comment retourner à la chute. Et une chasse au trésor me donnerait la chance d'explorer les lieux sans éveiller les soupçons de Hank.

J'ai fait de nombreux détours et bifurcations que j'ai inscrits dans mon carnet de notes. Cet endroit comptait différents étages, comme un hôtel. Toutefois, plutôt que de s'élever vers le ciel, ces étages descendaient sous terre. La Chambre Céleste et la Chambre de Guérison étaient situées au premier étage. La Chambre des Histoires se trouvait au deuxième. Et la Chambre Imagine, l'Aréna, la cafétéria et la chambre de Hank étaient localisées au troisième.

Je me demandais combien d'étages supplémentaires je pouvais encore descendre.

Hank m'avait recommandé de rester au troisième, mais en découvrant un escalier en colimaçon qui menait encore plus bas, je n'ai pas pu résister. Tout était noir, sauf les créatures scintillantes de lumière et des symboles luminescents bizarres que je ne comprenais pas, inscrits dans le mur de pierre. Je descendis de plus en plus profondément dans la terre, mais sans trouver aucune porte. C'était comme un tunnel sans fin qui ne menait nulle part.

Découragée, j'ai rebroussé chemin.

En arrivant tout près du sommet, je me suis arrêtée pour étudier les symboles rayonnant sur le mur. Ils me rappelaient l'un des dessins sur la carte de Hank. Les lignes ondulées représentaient l'eau, non ? J'ai donc avancé une main tremblante et j'ai touché le mur.

Il y eut un bip, puis le mur vibra.

— Oh ! ai-je crié en retirant ma main.

Le mur a craqué, se transformant en porte irrégulière qui s'ouvrit et permit d'apercevoir un paysage extérieur éclairé par la lumière du soleil. En apercevant, incrédule, les arbres, les fleurs sauvages, les rochers couverts de mousse, une chute géante et le ciel, j'ai retenu mon souffle.

Mais comment cela était-il possible, dans la profondeur du souterrain où je me trouvais ?

J'étais si absorbée par la vue de ce décor que je n'avais pas remarqué la fille en robe rose, jusqu'à ce qu'elle soit devant moi.

— Salutations, dit-elle en s'inclinant poliment.

— Euh… Je lui souris timidement. Salutations.

— Puis-je vous aider ? Des boucles d'une blondeur rappelant la couleur du miel encadraient son visage en forme de cœur. Vous avez l'air perdue.

— Je peux retrouver mon chemin.

— Je crois qu'on ne s'est jamais rencontrées. Je suis Maristella.

— Et je suis Cassie.

— Très honorée de vous connaître. D'où émergez-vous ?

— D'où j'émerge ? Oh, vous voulez dire d'où je *viens* ? C'est difficile à expliquer… Nerveuse, j'ai avalé ma salive et j'ai regardé mes mains crispées.

— Pardonnez ma question intempestive, reprit-elle en rougissant. Souvent, je parle avant de penser. C'est ce qui explique que je me trouve seulement au deuxième niveau.

— J'aime poser des questions, moi aussi. Je me détendis un peu. Est-ce que je peux vous en poser une ?

— C'est contre le règlement, mais je ne dirai rien. Quand elle souriait, ses fossettes se creusaient.

— Comment peut-on être sous la terre et, malgré tout, voir le ciel ?

— Le Paradis est le vortex de toutes les choses naturelles. Terre, soleil, lune et créatures vivantes se rencontrent ici en harmonie.

— Comment est-ce possible ?

Elle émit un petit rire.

— Vous posez plus de questions que moi. Je suppose que c'est la raison pour laquelle nous sommes de la même grandeur.

— Je suppose. Je ne savais pas trop jusqu'à quel point je pouvais lui faire confiance. Je n'avais pas oublié le Trou dont Hank avait fait mention, et je ne voulais pas m'attirer des ennuis.

— Venez, je vais vous présenter mes compagnons, ajouta-t-elle en faisant un geste de la main. Nous nous sommes rassemblés pour pique-niquer. Faites-nous le plaisir de vous joindre à nous.

— Je ne peux pas. En voyant, à travers les arbres, un groupe de silhouettes portant des robes, j'ai reculé vers la porte. Il faut que j'y aille, dis-je.

— Pourquoi ? Elle hocha la tête d'un air inquisiteur. Est-ce que je vous ai offensée ?

— Non ! C'est seulement que j'ai un frère et un ami qui m'attendent.

— Amenez-les avec vous. Tous sont bienvenus au Paradis.

— Merci, mais nous sommes au beau milieu d'une partie. Il faut que je cache Jennifer.

En entendant son nom, Jennifer sortit la tête de mon col. Je l'ai repoussée, mais trop tard.

— Par les étoiles au-dessus de nos têtes ! s'écria Maristella en écarquillant les yeux. Ils existent vraiment !

— Je peux vous expliquer…

— Un gouffin ! dit-elle, l'air ravi. Je ne me serais jamais attendue à un tel honneur. Puis-je le toucher ?

— Bien sûr. C'était quand même étonnant de réaliser que le peuple de Hank connaissait l'existence des gouffins. Jennifer est très gentille.

Maristella tendit la main.

— Elle est plus douce qu'un nuage. Et elle murmure une ancienne forme de salutation propre à sa culture. Je dois étudier davantage afin d'apprendre son langage.

— Elle a un langage ? J'ai toujours pensé qu'elle aimait simplement ronronner.

— Sa langue est magnifique. Si je l'apprenais, je pourrais atteindre un niveau plus élevé. Bon nombre de mes amis ont déjà atteint le troisième niveau, ajouta-t-elle, envieuse.

— Vous y arriverez aussi, l'ai-je encouragée.

— Mes amis aimeraient voir le gouffin, reprit-elle.

— Peut-être une autre fois, répondis-je en faisant signe que non. Il… il faut vraiment que j'y aille.

— Bien sûr. Il y avait une pointe de déception dans sa voix, mais elle n'avait pas cessé de sourire. Peut-être demain ? Nous pourrions nous rencontrer ici et apprendre à mieux nous connaître ?

— Euh… peut-être, ai-je murmuré en remettant Jennifer dans mon col. Au revoir.

— Adieu, nouvelle amie. Et elle fit une profonde révérence.

J'ai fait au revoir de la main, heureuse de ce que je venais d'entendre. *Nouvelle amie* ; j'aimais cela.

Toujours souriante, j'ai quitté le Paradis.

En arrivant à mon étage, j'entendis quelqu'un qui m'appelait en prononçant mon prénom.

— Te voilà enfin ! Lucas et Hank coururent vers moi.

— On t'a cherchée partout ! dit mon frère, l'air soulagé. J'ai eu peur que tu te sois perdue.

— Pourquoi as-tu quitté notre étage ? demanda Hank.

— J'explorais, et j'ai rencontré une amie géniale.

— Où ?

— Au niveau un, au Paradis.

Hank suffoqua.

— Pourquoi es-tu allée là ?

— J'étais curieuse quand j'ai trouvé cette porte. Puis, j'ai rencontré cette fille qui s'appelle

Maristella, et elle m'a invitée à un pique-nique. Suivez-moi, je vais vous la présenter. Elle a d'autres amis aussi, et ils ont tous notre âge — je veux dire, ils sont tous de notre grandeur.

Mais Hank venait de pâlir.

— NON ! hurla-t-il.

— Pourquoi non ? demanda Lucas. J'aimerais bien rencontrer les amis de Cassie.

— Je ne peux pas aller là-bas, affirma Hank en reculant. Jamais de la vie !

Puis, il courut jusque dans sa chambre et claqua la porte.

Chapitre vingt-deux
Des ailes et un corps aquatique

HANK REFUSA DE RÉPONDRE À N'IMPORTE LAQUELLE de nos questions concernant le Paradis.

— Je peux vous parler de tout le reste, dit-il d'un ton ferme. Mais pas de ça.

— Pourquoi ? demanda-t-on, Lucas et moi.

— Parce que c'est trop personnel, prétexta-t-il. Je ne peux pas parler de ça.

— Tu ne peux pas ou tu ne veux pas ? lui ai-je demandé en le mettant au défi.

— Les deux.

Puis il changea de sujet, et nous avons passé le reste de la journée dans l'Aréna à jouer à plusieurs jeux. Oubliée, la chasse au trésor. Mais je ne pouvais oublier Maristella.

Et même si Hank m'avait dit de rester loin du Paradis, j'y suis retournée le lendemain quand Hank et Lucas sont partis pour l'Aréna. Abandonnant Jennifer dans ma chambre, je me suis faufilée dans l'escalier pour me retrouver dans cet extérieur incroyablement ensoleillé.

— Cassie ! Le visage de Maristella s'illumina en me voyant. J'espérais que tu reviendrais. J'ai préparé un goûter exprès pour toi.

— Merci.

— Approche, je vais te présenter à mes amis.

— Es-tu certaine que ça ne les dérangera pas que je sois ici ? ai-je demandé, incertaine.

— Absolument, affirma-t-elle avec un tel enthousiasme que je ne pus refuser.

Maristella me guida vers une table à pique-nique proche d'une source, là où le soleil dansait et où des poissons argentés s'agitaient en faisant des vaguelettes. Elle m'introduisit à trois garçons et deux filles de ma grandeur. Ils sourirent, s'inclinèrent et m'accueillirent comme si j'étais un membre de la famille.

Ils parlèrent surtout de leurs leçons. Jahrôme étudiait les étoiles ; Elliot et Bruella partageaient un intérêt pour l'histoire ; Zeffry adorait les recherches océaniques ; et Mayfred brodait des dessins magnifiques sur une étoffe tendue autour d'un cerceau. Il leur arriva parfois de parler dans des langues qui me paraissaient étranges. Pourtant, je les comprenais. Ils ne posèrent pas de questions pour savoir d'où je venais, m'acceptant simplement comme une amie.

Nous avons joué à un jeu bizarre, semblable à celui de la chasse aux œufs de Pâques. Mais à la place des œufs, il fallait trouver de minuscules créatures appelées « boustiques ». Et plutôt que de tenter de les découvrir au ras du sol, nous devions les chercher très haut dans les arbres. Les boustiques étaient entassés comme des oiselets dans leurs nids et rebondissaient au loin, à moins qu'on ne chante pour eux. Ils n'avaient pas d'yeux, seulement de petites oreilles et une grande bouche ovale. Ils n'étaient pas difficiles à attraper, mais lorsque nous les prenions dans nos mains, ils émettaient d'affreux bruits de rots.

Maristella me choisit la première pour être dans son équipe de chasse aux boustiques. Puisque personne ne marquait les points, il n'y avait donc pas de perdants. Maristella me prêta une paire de souliers de tennis munis d'ailes, et j'ai vu le sol rapetisser lorsque j'ai été propulsée au-dessus des arbres par mes pieds ailés. Je volais avec mes nouveaux amis, esquivant les branches et plongeant au-dessus de la chute en cascade. C'était génial !

Nous avons fini par redescendre sur terre (sous terre, je suppose) pour prendre notre déjeuner : doigts de poulet frit en forme d'étoiles, tranches de concombre et fraises trempées dans de la crème.

Ensuite, tout le monde s'est précipité dans l'eau cristalline de la piscine, tout près de la chute.

— Viens, Cassie, me cria Maristella en lançant ses chaussures. Allons nous baigner.

— Je n'ai pas de maillot, dis-je en courant derrière elle.

— Tu n'en as pas besoin. Enlève ta robe.

— Et nager avec mes sous-vêtements ?

— Non. Enlève-les aussi.

— Mais alors, je serai nue ! Je me suis arrêtée net et j'ai croisé mes bras sur mon corps. Pas question !

Elle se mit à rire.

— Nous nageons dans nos corps aquatiques.

— Je ne pense pas en avoir.

— Tout le monde en a un. Saute à l'eau, je vais t'aider à te changer.

Elle voulait dire que j'allais me changer dans l'eau, littéralement. Pendant que je me trouvais là, entourée de beauté naturelle et d'étrangeté pas très naturelle, j'ai senti des papillons dans mon estomac. Ma peau picotait, et quand j'ai ouvert les yeux, mes pieds s'étaient transformés en queue, tandis que mes bras s'étaient métamorphosés en nageoires gris foncé. Lorsque j'ai aperçu mon reflet dans l'eau, je n'ai pas pu y croire. Je n'étais plus humaine ; j'étais un phoque.

Plouf ! J'ai glissé dans l'eau profonde et j'ai regardé tout autour de moi pour trouver Maristella. Mais ce que j'ai vu, c'est un dauphin argenté qui dansait sur sa queue agile.

— Ta peau de phoque est adorable, me complimenta le dauphin.

— Maristella ! me suis-je exclamée en reconnaissant la voix de ma nouvelle amie. Est-ce bien toi ?

— La réponse à cette question est une évidence, se moqua-t-elle. Viens, allons rejoindre les autres.

Les autres n'étaient pas faciles à reconnaître dans leurs corps aquatiques : une pastenague, un castor, un autre dauphin et même un alligator. Nous avons communiqué par télépathie et nous sommes restés sous l'eau pendant des heures, en pratiquant des jeux tels « plonge et trouve » et « chat plouf ». C'était génial de découvrir que je pouvais respirer sous l'eau. Au Paradis, tout était possible. Je pouvais voler comme un oiseau et nager comme un poisson. Et surtout, j'avais des amis merveilleux.

Ce n'était que le premier de nombreux après-midi de nonchalance à venir. Pendant que Hank et Lucas tournaient des films ou montaient des chevaux sauvages, je m'amusais au Paradis. Le monde souterrain s'enroulait autour de moi, aussi seyant que mon corps aquatique. C'était extraordinaire, mieux que n'importe quel autre endroit au monde.

C'était chez moi désormais.

Je restais.

Chapitre vingt-trois
Points d'interrogation

Hank ne m'approuvait pas de fréquenter le Paradis, mais il ne m'en empêcha pas. Nous nous contentions simplement de ne pas en parler.

Je me demandais bien de quoi il avait peur. Le Paradis était magnifique et jamais ennuyeux. Maristella et mes autres amis étaient super. Alors, pourquoi Hank les évitait-il ?

Dans ma vie précédente — celle dont j'avais du mal à me souvenir —, j'aurais essayé de résoudre ce mystère. Mais cela me semblait loin et sans importance. Tout ce qui m'importait, c'était d'être heureuse.

Et j'étais très heureuse.

Néanmoins, alors que s'écoulaient mes jours de plaisir sans fin, il y avait des moments bizarres où je sentais qu'il me manquait quelque chose, bien que je ne puisse imaginer de quoi il s'agissait. C'était comme mourir de soif dans une mer d'eau douce. Cela se produisait surtout lorsque mes amis parlaient de leurs études. Ils apprenaient les arts, l'histoire, les mathématiques, les sciences et les langues sur un étage inférieur où je n'avais jamais été invitée.

— Est-ce que je peux étudier, moi aussi ? ai-je demandé un jour, à l'heure du déjeuner.

Toutes les conversations cessèrent. Ils me regardèrent tous comme si je venais de dire quelque chose d'inconvenant.

— Cassie, c'est impoli de poser des questions, murmura Maristella en repoussant son sandwich et en m'emmenant loin de la table à pique-nique.

— Je voulais juste savoir…

— Ne pose pas de question. Elle mit son doigt sur ses lèvres. Nous sommes ici pour relaxer. C'est bien assez.

— Mais est-ce vraiment assez ? ai-je demandé.

Je me rappelais vaguement m'être plainte des devoirs et de l'école. Pourtant, à présent, je souhaitais en connaître davantage, grandir, devenir plus intelligente.

— Tu as grandi de trois centimètres depuis que je t'ai rencontrée. Je veux apprendre, moi aussi.

— Ce n'est pas permis, Cassie. Maristella m'attira plus en retrait, dans l'ombre d'un saule. Je t'en prie, ne dis plus rien.

— Mais pourquoi ? Chaque jour après nos jeux, tu pars étudier, et je retourne en haut toute seule. Pourquoi ne puis-je pas étudier avec vous ?

— Ne ruine pas les choses, me supplia-t-elle.

— Qu'y a-t-il de mal au fait de poser des questions ?

— Le problème, ce ne sont pas les questions, m'expliqua Maristella en fronçant les sourcils. Ce sont les réponses.

— Je ne comprends pas.

— C'est parce que tu n'es pas de ce monde.

— Tu le savais depuis le début ? J'étais sous le choc. Pourquoi n'as-tu rien dit ?

— Les questions peuvent entraîner des réponses désagréables. Nous savons tous que tu vivais sur la terre. Mais personne ne serait assez effronté pour en parler.

— N'étiez-vous pas curieux de savoir comment j'étais arrivée jusqu'ici ?

— Bien… peut-être un peu. Elle se mit à sourire d'un air penaud. Mais nous sommes pacifiques, contrairement au monde du dessus, où les gens se haïssent et se battent. Ici, nous nous occupons de nos affaires et nous ne posons pas de questions.

— Qu'arriverait-il si tu me demandais d'où je viens ?

— Peut-être rien, dit-elle en frissonnant. Ou alors, les aînés pourraient t'envoyer dans le Trou.

— Le Trou ! Je faillis m'étouffer. J'en ai entendu parler. Qu'est-ce que c'est ?

— Cette réponse serait très désagréable. Elle tressaillit. Cesse tes questions.

— Alors, comment pourrai-je apprendre quoi que ce soit ?

— Tu n'as aucun besoin d'apprendre. Tu es une invitée au Paradis. Souriante, elle me prit la main. Viens, Cassie. Allons nous baigner.

* * *

Ce soir-là, j'ai fait des rêves très sombres : je tombais sans fin dans un volcan bouillonnant, j'entendais des hurlements de torture, je voyais des points d'interrogation qui se tordaient pour former des nœuds et m'arracher la langue afin que je ne puisse plus poser de questions. Il y avait aussi des visages et des voix de personnes dont je n'arrivais pas à me souvenir.

Quand je me suis réveillée, j'ai fait le serment de ne plus jamais poser une autre question.

Et j'aurais bien pu respecter ce serment.

N'eût été de Jennifer.

Chapitre vingt-quatre
La bonne aventure

LE LENDEMAIN MATIN, APRÈS UNE AUTRE JOURNÉE de plaisir au Paradis, je suis retournée à ma chambre pour constater que Jennifer avait disparu.

Je l'ai cherchée partout, dans les tiroirs de la commode, sous les lits et dans mon sac à dos. J'ai même regardé dans la salle de bains. Mais il n'y avait aucun signe de Jennifer.

J'ai couru dans le corridor jusqu'à l'Aréna et j'ai demandé aux garçons s'ils avaient vu Jennifer.

Mais ils me firent signe que non.

— Ne t'inquiète pas, me rassura Hank en ajustant son chapeau d'amiral. Elle va finir par réapparaître.

— Pauvre Jennifer, ai-je soupiré en croisant les bras. C'est terrifiant de se perdre.

— Les gouffins n'ont peur de rien, répliqua Hank.

— Mais elle est si petite, et nous sommes ses seuls amis sur la Terre.

— Je vais t'aider à la retrouver, m'offrit mon frère.

— Tu ne peux pas partir, reprit Hank en désignant une scène munie de caméras et de vaisseaux volants ailés. Nous devons filmer la scène où les pirates prennent d'assaut le bateau de croisière !

— Ça peut attendre. Lucas tourna le dos à Hank. Ma sœur a besoin de moi.

Puis, Lucas et moi avons quitté l'Aréna. Nous avons cherché partout dans les corridors en appelant Jennifer par son nom, encore et encore. Nous avons inspecté le moindre recoin, mais aucun gouffin en vue.

— Peut-être est-elle perdue sur quelque étage inférieur, ai-je suggéré. Il se peut qu'elle m'ait suivie jusqu'au Paradis.

— Elle pourrait aussi se trouver en haut, dans la Chambre de Guérison, suggéra Lucas en frottant sa fausse barbe de pirate. Elle aimait les bols.

— Mais c'est dangereux d'aller là-haut.

— Garde ton incontrôlable langue dans ta bouche, jeune fille. Un pirate au grand cœur ne craint pas le risque, déclama Lucas en soulevant son chapeau à plumes.

— Quel cabotin tu fais, dis-je en riant, mais je lui étais reconnaissante de me venir en aide.

Nous avons commencé nos recherches dans l'escalier qui montait, mais nous nous sommes arrêtés en entendant de la musique.

— C'est Jennifer ! constatai-je en regardant autour de moi, le cœur rempli d'espoir. D'où est-ce que ça vient ?

— Par ici. Lucas indiqua une porte basse que je n'avais jamais vue auparavant. Elle était trop petite pour une personne, mais parfaite pour un gouffin.

M'agenouillant, j'ai touché un bouton lumineux. Un panneau s'estompa et une armoire douillette apparut. À l'intérieur, Jennifer était roulée en boule au sommet d'une petite montagne de diamants, de rubis et d'émeraudes.

— C'est une chambre de pierres précieuses, ai-je expliqué à mon frère.

— Une autre ? demanda-t-il, l'air ennuyé. Jennifer, sors de là. Nous allons t'emmener dans un endroit agréable.

Le gouffin ne bougea pas.

— Si tu reviens dans ma chambre, Jennifer, ai-je articulé doucement, tu pourras te régaler dans ma brosse à cheveux.

Son gros œil pourpre cligna comme si elle essayait de me dire quelque chose. Puis, elle bondit dans mes bras et se mit à danser sur un rythme de salsa. Alors qu'elle se pelotonnait contre moi, j'ai remarqué un cristal rond dans sa bouche.

— Qu'est-ce que c'est ? Je pris le petit cristal et vis scintiller de l'argent à l'intérieur. Une bille ?

— Ou une boule à neige miniature ? suggéra Lucas.

— Ce n'est pas de la neige. Je tenais le cristal devant moi, près de la lumière du plafond. Tandis que je le fixais, un monde d'océan, de terre, de ciel et de gens prit vie. C'est comme regarder une minuscule télé, dis-je.

— Vraiment ? demanda Lucas, sa curiosité piquée au vif. Laisse-moi regarder.

Nous étant rapprochés l'un de l'autre, nous fixions l'intérieur de la sphère scintillante.

Les images tournaient à une vitesse verti-
gineuse, puis elles se mirent à ralentir pendant que
la figure d'une jeune fille se précisait clairement.
Elle était assise au bord d'une piscine, ses longues
tresses noires se balançant au-dessus de l'eau. Elle
portait un maillot de bain à imprimé léopard, et
avait l'air triste. Pendant que je la regardais s'avancer vers un groupe de filles qui ricanaient au soleil,
j'ai été envahie par d'étranges sensations.

— Rosalie, ai-je murmuré, tandis que des
souvenirs me revenaient par bribes à la mémoire :
longues conversations, nuits à dormir chez mon
amie, fous rires en regardant des films comiques.
Rosalie… ma meilleure amie.

Je pouvais même entendre sa voix !

— J'en ai assez de me baigner. Elle rejeta ses
tresses derrière ses épaules en s'assoyant sur sa serviette. Et puis, il fait trop chaud pour jouer au tennis ou au minigolf.

— Alors, qu'est-ce que tu veux faire ? demanda
une grande fille aux genoux cagneux. Nous pourrions retourner parler à Marc Lynburn.

— Il vient de nous envoyer promener, rappela
Rosalie.

— Je pourrais me promener avec lui n'importe quand. Une fille aux cheveux noirs crépus soupira. Il est *telllement* chou !

— Et il a une douzaine de copines plus vieilles que nous, ajouta Rosalie. Je m'ennuie. J'aimerais que mon amie Cassie soit ici. Elle a toujours un tas de bonnes idées pour s'amuser. Une fois, nous avons inventé une ville en carton avec du vrai faux argent ; une autre fois, nous avons participé à une chasse aux rebuts afin de trouver des objets commençant par la lettre *p.* Elle avait emprunté un poney et remporté la partie.

— Es-tu certaine que cette Cassie existe vraiment ? la taquina Genoux Cagneux. Tu n'arrêtes pas de parler d'elle, mais nous ne l'avons jamais rencontrée.

— Elle est en vacances. Elle s'amuse tellement qu'il se pourrait qu'elle ne revienne jamais. Rosalie se laissa tomber sur sa serviette. Elle me manque.

— Et tu me manques aussi, ai-je murmuré tandis que l'image s'estompait jusqu'à devenir poussière d'argent.

La sphère se refroidit, puis s'embrouilla. Rosalie avait disparu.

Quand j'ai regardé mon frère, sa lèvre inférieure tremblait.

— Qu'est-ce que t'as vu ? lui ai-je demandé en lui touchant doucement le bras.

— Un théâtre sur Broadway, avec mon nom en grosses lettres lumineuses. Je me suis vu plus âgé, saluant et recevant des fleurs un soir de première. Madame Bennett applaudissait parmi les spectateurs. C'est l'avenir, je crois, mais comment cela pourrait-il arriver tant que je suis ici ?

— Je pense que Jennifer nous a attirés ici afin que nous nous souvenions de ce qui importe vraiment. Pas des vêtements magnifiques et une chambre à moi, ai-je ajouté tristement.

— Ou de faire des films d'action dans l'Aréna, renchérit Lucas.

J'ai soupiré.

— J'avais oublié tant de choses. C'est comme si on m'avait jeté un sort lors de mon arrivée ici. Mais je me souviens de tout à présent : Rosalie, maman, papa et Ambre.

— Je veux rentrer chez nous, dit Lucas.

— Moi aussi.

— Mais comment ? Hank ne nous indiquera jamais la sortie.

— Et mes amis sont trop occupés à leurs propres affaires pour m'aider, ai-je affirmé.

— Alors, qu'est-ce que nous allons faire ?

— Soit nous restons ici pour toujours, ai-je conclu en m'emparant de la boule de cristal, soit nous trouvons par nous-mêmes comment sortir d'ici.

Chapitre vingt-cinq
Impasses

LE LENDEMAIN, PENDANT QUE LUCAS DISTRAYAIT Hank dans l'Aréna, je me suis mise à fureter partout. Je cartographiais les passages possibles dans mon carnet de notes. Ayant inspecté tous les coins de notre étage, je suis montée à celui au-dessus. Mon cœur battait à tout rompre tandis que je longeais les murs à la recherche d'une sortie.

Au bout du corridor, au-delà de la Chambre Céleste, je découvris une jonction avec quatre embranchements menant tous dans des lieux inconnus et obscurs. Aucune créature lumineuse n'éclairant ces passages, il m'était donc impossible d'aller plus loin.

— La prochaine fois, j'apporterai ma lampe de poche, ai-je dit plus tard à mon frère, alors que Hank se trouvait dans la salle de bains. J'ouvris mon carnet de notes et lui montrai mes esquisses. Forcément, expliquai-je, l'un de ces passages doit mener à la chute.

— Je l'espère, dit Lucas en regardant, anxieux, la porte de la salle de bains. Je crois que Hank a des soupçons.

— Comment cela ?

— Il me regarde bizarrement. Comme s'il n'avait pas confiance en moi.

— Sois prudent, ai-je conseillé. S'il découvre nos plans, il va nous mettre des bâtons dans les roues.

— T'inquiète pas, je peux déjouer n'importe qui, affirma Lucas, sûr de lui.

— Mais pendant combien de temps ? J'ai refermé mon carnet de notes et l'ai serré contre ma poitrine. Nous ferions mieux de vérifier les passages possibles et de nous enfuir au plus tôt.

— Qu'est-ce que tu veux dire par « au plus tôt » ? s'enquit Lucas en fronçant les sourcils.

— Ce soir, répondis-je solennellement. Quand Hank se sera endormi.

* * *

Nous avons laissé un mot d'adieu et nos vêtements de façon à ce que Hank puisse les trouver le matin venu. Même si mes jeans et mon t-shirt étaient froissés, cela m'a fait du bien de les porter, comme si j'étais redevenue moi-même.

Tandis que je conduisais Lucas en haut de l'escalier, j'ai senti le gargouillis de Jennifer qui ronronnait dans mon sac à dos.

— Quelle direction devons-nous prendre ? demanda Lucas en arrivant à l'étage supérieur.

— Nous longeons ce corridor, puis nous tournons à droite, ai-je chuchoté.

— C'est tellement tranquille, dit-il en frissonnant. J'espère que cela mène à la sortie.

— Moi aussi.

J'essayais d'avoir l'air sûre de moi, mais j'avais peur. Tellement de choses pouvaient mal tourner. Même si nous réussissions à traverser le pont surplombant la chute, comment allions-nous rentrer à la maison ? Nous avions été absents pendant un long moment. Les équipes de recherches devaient avoir capitulé depuis belle lurette. Il nous faudrait marcher pendant des kilomètres dans le noir et la forêt dense, où rôdaient des bêtes féroces.

Mais nous continuions d'avancer. Nous étions sortis des couloirs éclairés par des créatures lumineuses, et nous étions à présent plongés dans l'obscurité. J'ai allumé ma lampe de poche.

En atteignant la croisée des quatre chemins, nous avons essayé le sentier à l'extrême droite pour commencer. La randonnée a été de courte durée, car au bout d'environ six mètres, nous avons frappé un mur de pierre. Le passage suivant nous a menés deux fois plus loin, avant de déboucher dans un cul-de-sac. Quant au troisième passage, il ne se terminait pas, mais il menait tout droit à une falaise escarpée.

— Ouah ! cria Lucas en reculant d'un bond en même temps que moi. Un pas de plus et nous étions morts. Nous avons failli y passer !

J'ai fait signe que oui. Je respirais si fort que je ne pouvais pas prononcer un mot. J'ai dirigé ma lampe de poche sur l'immense vide qui s'étirait et plongeait si loin et profondément que cela ressemblait à l'éternité. Était-ce le Trou dont Hank et Maristella m'avaient parlé ?

En frissonnant, je tournai les talons et je revins sur mes pas. En arrivant au passage principal, mon pied glissa sur un galet. Je fis un faux pas, mes bras battirent l'air, et je pris appui sur le mur de pierre pour reprendre mon équilibre. Dans mon dos, Jennifer lança un cri de protestation.

— Tu transportes trop de choses, dit Lucas en arrivant à ma hauteur. Je vais t'aider.

— Quelle bonne idée. Je me préparais à me défaire de mon sac à dos, mais Lucas se contenta de prendre ma lampe de poche.

— Je vais porter ça, a-t-il offert.

— Oh la la, merci, ai-je répondu sur un ton sarcastique.

— De rien. Il sourit et dirigea le rayon lumineux sur le quatrième passage. Je vais aller devant.

— Tiens bien la lampe, ai-je conseillé.

— Je la tiens, répondit Lucas.

— Alors, pourquoi vacille-t-elle comme ça ?

— Je ne sais pas. Les batteries sont peut-être… Sa voix se cassa au moment où nous avons été plongés dans la grande noirceur. « Mortes », crut-il bon de conclure.

— Oh non ! Je tâtonnais dans le noir. Lucas, où es-tu ?

— Ici. Sa main toucha la mienne. C'est effrayant. Tu es juste à côté de moi, mais je ne peux pas te voir.

— Je ne vois rien, ni toi, ni moi. J'étais prise de panique. Par où faut-il aller ? S'il y a une autre falaise, nous ne la verrons pas. Qu'allons-nous faire ?

— Regagnez vos quartiers, claironna une voix inattendue.

La lumière blanche étincelante était aussi aveuglante que l'obscurité. En clignant des yeux, je me suis retournée et, ma vision s'ajustant peu à peu, j'ai vu Hank qui tenait une lanterne.

— La partie est terminée, dit-il d'un ton amer. J'ai gagné.

— Ce n'est pas un jeu, ai-je rétorqué. Et tu le sais très bien.

— Vous n'auriez pas dû essayer de vous enfuir. Nous rentrons. Il nous fit signe de le suivre.

— Non, Hank. Lucas hocha la tête. Nous nous sommes bien amusés, mais nous rentrons chez nous.

— Vous ne trouverez jamais la sortie sans mon aide.

— Alors, aide-nous, dis-je calmement.

— Jamais de la vie, a-t-il ronchonné.

Lucas regarda Hank d'un air suppliant.

— Hé, nous sommes amis, non ?

— Ouais. C'est pourquoi je ne veux pas que vous partiez.

— Mais les amis s'entraident, dit Lucas d'un ton solennel. Et nous avons besoin de ton aide pour retourner à la maison.

— Je m'ennuyais avant votre arrivée. Personne ici ne sait comment s'amuser.

— Oui, ils le savent, ai-je répondu. Maristella, Jahrôme, Bruella et mes autres amis sont super. Nous nageons et nous volons, et nous jouons à des jeux au Paradis. Pourquoi ne vas-tu pas les retrouver ?

— Oublie ça. Il tapa du pied et la lanterne se mis à osciller, faisant valser nos ombres sur les murs de pierre. Je ne retournerai jamais là-bas.

— De quoi as-tu peur ?

— Je n'ai jamais dit que j'avais peur. C'est juste que je ne... je n'y ai pas ma place. Il fronça les sourcils. Ils grandissent tous... et je suis toujours petit. Ils ne me remarquent même pas.

Puis, il regarda au loin, mais pas avant que j'aie pu voir la honte dans ses yeux.

Et je le comprenais. Je me sentais exactement comme lui à l'idée de fréquenter l'école des grands.

C'était effrayant d'être plus petit et plus jeune. Mais la solution ne consistait pas à fuir.

Y a-t-il une solution ? me demandais-je. Ou bien n'y a-t-il que des questions déplaisantes ?

Puis, j'ai eu une idée.

— Hank, ai-je annoncé, je crois connaître la réponse à tous tes problèmes.

— Quoi ? Sceptique, il souleva un sourcil.

— Si je peux t'aider à devenir la personne la plus populaire au Paradis, nous aideras-tu à rentrer à la maison ?

Il sembla douter, mais finit par accepter.

Demain, ai-je pensé, je vais créer un genre de magie bien à moi.

Chapitre vingt-six
L'arme secrète

LE LENDEMAIN MATIN, HANK ARGUMENTA À chaque pas que nous faisions sur le chemin du Paradis.

— C'est une mauvaise idée. Si nous attendions à demain ? Personne ne va m'adresser la parole. Ça ne fonctionnera pas.

Mais Lucas et moi refusions de le laisser repartir. Nous avons littéralement poussé Hank jusqu'à la porte du Paradis.

— Allô, Cassie ! dit Maristella en s'approchant de moi. En apercevant les garçons, elle s'arrêta et s'inclina poliment. Je suis très honorée de rencontrer tes amis.

— Voici mon frère, Lucas. Et tu connais déjà Hank.

— Désolée, il ne m'est pas familier, répondit-elle en secouant la tête.

— Tu vois ! Elle ne me reconnaît même pas, vociféra Hank, en colère. Je t'avais dit que ça ne marcherait pas.

— Laisse-moi lui parler. Pendant que Lucas gardait un œil sur Hank, j'emmenai Maristella à l'écart.

— Hank se sent abandonné, lui ai-je expliqué. Il a joué des tours sur la Terre parce qu'il se sentait seul et qu'il avait besoin d'attention. Quand il s'est rendu compte que ça ne fonctionnait pas, il nous a piégés, mon frère et moi, afin que nous venions jusqu'ici, de sorte qu'il puisse avoir des amis.

— Nous sommes tous amis au Paradis.

— Mais tu ne te souviens même pas de lui.

Elle frissonna.

— Je suis désolée qu'il se soit senti mal à l'aise, mais personne ne lui a demandé de rester à l'écart.

— Et personne ne s'est aperçu qu'il était parti, ai-je ajouté sur un ton accusateur. L'amitié signifie qu'on se fait assez de souci pour poser des questions difficiles, comme : Est-ce que quelque chose ne va pas ? Est-ce que tu te sens bien ? Puis-je faire quelque chose pour t'aider ?

— Les questions sont impolies.

— Pas ce genre de questions. D'où je viens, les amis se soucient les uns des autres, même si cela implique de poser des questions difficiles.

Maristella fronça les sourcils.

— Tu dis des choses troublantes, Cassie.

— Je t'explique seulement comment je me sens... même si tu es trop polie pour me poser la question.

— Je ne peux pas enfreindre le règlement. Mais tu m'as donné à réfléchir sérieusement.

— Est-ce que cela veut dire que tu vas aider Hank ? ai-je demandé, pleine d'espoir.

— Une autre question ! dit-elle avec un petit sourire hésitant. Mais la réponse est oui.

Je lui ai rendu son sourire, puis lui ai exposé mon idée.

Quelques minutes plus tard, Maristella convoqua tout le monde dans l'aire de pique-nique. Hank semblait prêt à s'enfuir quand Jahrôme, Elliot, Bruella, Zeffry et Mayfred se rassemblèrent autour de nous. Personne ne posa de question impolie, mais il y eut un curieux silence.

Maristella s'inclina respectueusement, puis elle fit un geste en direction de mon frère et de Hank.

— Je vous prie d'accueillir Lucas et Hank.

Les autres s'inclinèrent et leur souhaitèrent la bienvenue.

— Le nom de famille de Hank est Hanniscorn, ai-je ajouté. Il s'amusait ici, autrefois. Vous souvenez-vous de lui ?

Ils firent signe que non, visiblement mal à l'aise devant ma question.

— Je pourrais tout aussi bien être invisible, dit Hank d'un ton amer. Puis, il quitta la table et fit mine de s'en aller. Mais il put à peine faire quelques pas avant que Lucas ne l'attrape par le collet.

— Attends, dit Lucas d'un ton ferme. Donne-leur une chance d'apprendre à te connaître.

— Pour quoi faire ? Ils vont m'oublier dès qu'ils partiront étudier.

— Alors, étudie avec eux, ai-je suggéré.

— Étudier est ennuyeux. Rien ne m'intéresse.

— Mais ce n'est pas vrai ! ai-je répliqué en claquant des doigts. Tu t'intéresses aux cartes. Tu as dessiné des images et des indices superbes sur ta carte au trésor.

— Oui, acquiesça Lucas. C'était une carte ingénieuse. Si tu étudiais l'art et la géographie, tu pourrais déchiffrer des indices pour trouver de vrais trésors perdus.

— Tu pourrais cartographier ce monde, ai-je ajouté. Et d'autres mondes, aussi.

Hank avait cessé de lutter et nous regardait dans les yeux.

— Je… je n'avais jamais pensé à ça.

— C'est excitant d'apprendre de nouvelles choses, renchérit Lucas.

— Bien, c'est vrai que j'aime les chasses au trésor. Peut-être pourrais-je étudier… un peu, en tout cas.

— Super ! se réjouit Lucas en tapant sa main dans celle de Hank. Tu vas grandir en un rien de temps.

— Et devenir si populaire que plus personne ne t'oubliera jamais, ai-je ajouté en jetant un coup d'œil sur mon sac à dos. Prêt pour notre arme secrète ?

— Ouais, dit Hank.

Alors, j'ai défait la fermeture éclair de mon sac à dos et j'en ai sorti Jennifer.

Chapitre vingt-sept
Le Trou

IMAGINEZ CE QUE CE SERAIT QUE D'APPORTER UNE licorne vivante à l'école afin de l'observer.

C'est la réaction que provoqua Hank lorsqu'il exposa Jennifer.

Tous eurent le souffle coupé d'émerveillement et entourèrent Hank. L'un d'eux poussa même la hardiesse à demander : « Puis-je flatter le gouffin ? » Et personne ne le traita d'impoli.

Jennifer adorait qu'on s'occupe d'elle. Elle ronronna joyeusement et dansa le hip-hop sur sa queue. Puis, elle pencha la tête afin que tous, tour à tour, aient la chance de flatter sa fourrure soyeuse.

Après cela, j'ai pris Maristella à part et nous avons marché jusqu'à la chute. Tandis que le soleil dessinait des arcs-en-ciel dans l'eau et qu'une douce brise me chatouillait la peau, j'ai avoué à Maristella que je m'apprêtais à partir.

Ses sourcils s'arquèrent en points d'interrogation et elle plissa le front.

— Ce n'est pas bien de partir sans en avoir reçu la permission.

— Si je reste plus longtemps, mes souvenirs vont disparaître encore davantage, et je pourrais ne plus jamais retrouver ma famille.

— Je ne comprends pas ce que c'est qu'une famille, mais je m'intéresse à mes amis. Elle me prit la main. Je veux que tu sois heureuse.

— Toi aussi. J'avais le cœur serré, et pendant une seconde, j'ai été tentée de dire que j'allais rester. Mais je me suis contentée de lui serrer la main. Je ne t'oublierai pas. Tu seras toujours une amie spéciale pour moi.

— Amies pour toujours, répliqua-t-elle.

Impulsivement, je mis ma main dans ma poche et j'en sortis une pochette de velours que je donnai à Maristella.

— J'aimerais t'offrir ceci.

Elle ouvrit la pochette et son visage s'illumina en prenant le minuscule chat de quartz rose.

— C'est beau, murmura-t-elle sur un ton admiratif. Un trésor très précieux. J'adore !

Je souriais en moi-même. Dans un monde magique où abondent les richesses, Maristella voyait de la valeur dans une babiole bon marché. Je suppose que la vraie valeur ne se mesure pas en dollars, mais en moments spéciaux comme celui-ci. Je me suis sentie plus grande en fait de compréhension.

— Merci, ajouta Maristella humblement. Mais je n'ai pas de cadeau pour toi.

— Tu m'as donné bien plus que tu ne l'imagines. Mais il y a une chose que tu peux faire pour moi.

Puis, j'ai expliqué à Maristella, qui avait étudié le langage des gouffins, que j'avais une question cruciale à poser à Jennifer. Ma question n'était pas impolie, mais la réponse m'attrista.

Oui, Jennifer préférait demeurer avec Hank. Elle aimait être sous terre dans un monde magique qui lui rappelait son propre monde. Je savais qu'elle serait plus heureuse ici, mais je ne m'attendais pas à ce que ce soit si difficile de lui dire adieu.

En la serrant contre moi pour la dernière fois, j'eus le cœur gros.

Ma main tremblait quand je lui ai donné un cadeau d'adieu : quelques mèches de mes cheveux.

* * *

Hank tint parole et après une dernière journée magique au Paradis, il nous conduisit, Lucas et moi, au dernier étage. Nous avons emprunté la même route qui menait aux quatre passages obscurs. Mais plutôt que de nous indiquer, comme je m'y attendais, le quatrième tunnel — celui que nous n'avions pas exploré, il nous montra le troisième tunnel.

— Mais nous avons déjà essayé ce chemin, ai-je dit, anxieuse. Il mène à une falaise.

— C'est le Trou, dit Hank, calmement.

— Pas question ! ai-je articulé en suffoquant. Pourquoi nous as-tu amenés ici ?

— Essaies-tu de nous tuer ? demanda Lucas sur un ton accusateur.

Hank leva sa lanterne très haut et nous fit signe de le suivre.

— Vous n'avez rien à craindre.

— Mais tout le monde a peur du Trou, ai-je expliqué, le cœur battant.

— Et ils ont raison. Son ton était sérieux, mais ses yeux dorés scintillaient. Car il mène à un endroit dangereux.

— Où ? demanda Lucas.

— Sur la Terre.

— Mais c'est *notre* monde, ai-je dit en fixant Hank d'un air perplexe.

Hank afficha un petit sourire narquois.

— Eh bien, votre monde est effrayant.

— Seulement quand tu es là pour jouer des tours, ai-je ajouté pour le taquiner.

— Mais j'ai promis d'arrêter de faire des farces, et je tiendrai parole ; en tout cas, dans votre monde. Celui-ci aurait avantage à se faire brasser un peu, toutefois.

— Les aînés feraient mieux de se méfier du tremblement de terre Hank, dis-je en riant. Puis, j'ai anxieusement jeté un coup d'œil dans le passage sombre devant moi. Vas-tu nous reconduire à l'auberge ?

— Désolé, mais je ne peux pas, répondit Hank en secouant la tête. À partir de maintenant, je respecte les règlements. Et ça signifie de ne pas aller au-dessus du sol.

— Alors, comment rentrerons-nous à la maison ? ai-je demandé.

— La maison vous trouvera.

— Qu'est-ce que c'est censé vouloir dire ? Une brise glaciale souffla des profondeurs du tunnel et mes bras nus en eurent la chair de poule.

— Vous verrez, dit Hank avec un petit rire rusé.

— Je suppose que c'est le moment des adieux, fit Lucas d'un air triste. Merci pour toutes les histoires, les pièces et les batailles. C'était génial.

— Mieux que génial, c'était…

J'ai adressé un sourire à Lucas et, à l'unisson, nous nous sommes exclamés : « *Super duper !* »

Nous nous sommes tous mis à rire, mais ensuite, nous avons gardé le silence. Cela avait été agréable de côtoyer Hank, et Lucas et moi savions qu'il allait nous manquer.

Hank renifla un peu, puis il se ressaisit.

— À mourir d'ennui ! Ça suffit, les adieux ! Il nous faisait face alors que Lucas et moi nous tenions le dos à la falaise. Comme dirait un compère farceur : « Donnez-moi la main, si nous sommes amis à mort, et Robin réparera les torts. »

— Qui est Robin ? Je ne savais pas trop de quoi il parlait, mais Hank fit un clin d'œil à Lucas, et celui-ci sourit comme s'il comprenait.

Puis, Hank prit ma main et celle de Lucas.

— Alors, comment ça fonctionne, Hank ? ai-je demandé. Est-ce qu'un pont va apparaître ?

Hank secoua la tête en souriant malicieusement. Puis, il nous poussa par-delà la falaise.

Chapitre vingt-huit
Des kilomètres et des minutes

APRÈS CELA, TOUT EST DEVENU FLOU. JE NE ME SOU-viens pas d'être tombée, mais je me rappelle avoir atterri sur le sol rigide dans un grand fracas. Et lorsque je suis revenue à moi, j'ai vu le soleil briller au-dessus de nos têtes et j'ai entendu le doux murmure de l'eau. La forêt dense semblait nous entourer tel un auditoire attendant de voir ce qui se passerait ensuite.

— Lucas ! ai-je crié en apercevant mon frère étendu quelques mètres plus loin.

— Est-ce que nous sommes dehors ? Il se frotta les yeux et se releva en chancelant.

— Je pense que oui. Mais ce n'est plus la nuit.

— Nous avons peut-être été inconscients pendant un bon moment.

— Regarde. Je jetai un coup d'œil à mon poignet, incrédule. Ma montre fonctionne à nouveau !

— Je suppose que ça prouve que nous sommes de retour. Mais où sommes-nous ?

J'ai grimpé sur un grand rocher et j'ai vu des arbres dans les hautes montagnes, des rochers en saillie et une verte clairière où zigzaguait une source.

— C'est la clairière où tu m'as trouvée.

— Alors, nous ne sommes pas très loin du terrain de stationnement, affirma-t-il, tout excité. Allons-y !

— Pour trouver quoi ? ai-je demandé en me rassoyant sur le rocher. Ça fait presque deux semaines que nous sommes partis. Personne ne nous y attendra.

— Oh, fit Lucas en s'effondrant à mes côtés. J'avais oublié.

— Tout le monde doit penser que nous sommes perdus — ou pire. Je frissonnai. Les équipes de recherches ont dû déclarer forfait depuis plusieurs jours déjà. Maman, papa et Ambre doivent être retournés à la maison.

— À plus de trois cents kilomètres d'ici. Il avait rentré les épaules. Comment allons-nous faire pour rentrer ?

— En trouvant quelqu'un pour nous aider, ai-je dit en lui donnant une tape sur l'épaule. C'était peut-être un petit génie, mais il était toujours mon petit frère. Allons voir dans le terrain de stationnement s'il n'y a pas un garde forestier ou une famille de touristes serviable. Nous nous en sommes sortis jusqu'ici, alors, pourquoi nous en faire pour trois cents kilomètres de plus ?

Il m'a gratifiée d'un léger sourire ; puis, nous avons commencé à marcher. Nous avons découvert un sentier que nous avons suivi jusqu'à la clairière. Nous avons traversé une petite colline et contourné des rochers et des buissons, jusqu'à un vallon qui surplombait le terrain de stationnement.

Puis, nous nous sommes figés, trop ébahis pour oser prononcer un mot. S'il n'y avait aucun camion de garde forestier, il y avait par contre une fourgonnette avec une charmante — et très familière — famille, laquelle se trouvait en train de déjeuner sur une table à pique-nique.

Fous de joie, Lucas et moi avons couru vers maman, papa et Ambre.

Chapitre vingt-neuf
Trop étrange

J'OUVRIS LES BRAS, PRÊTE À ÉCHANGER CÂLINS ET LARMES de joie, mais les heureuses retrouvailles n'eurent pas lieu.

Papa mastiquait ses galettes aux germes de blé sans nous regarder. Ambre avalait bruyamment, à l'aide d'une paille, son jus d'herbe de blé. Et maman, qui préparait son sandwich à l'aubergine et à la roquette, leva les yeux sur nous.

— As-tu trouvé la source ? me demanda-t-elle calmement.

— Quoi ? Non, c'est-à-dire, oui, ai-je balbutié sous le choc. Est-ce tout ce que tu veux savoir ?

— Vous ne vous êtes pas ennuyés de nous ? demanda Lucas.

— Pas vraiment, répondit maman en tendant une serviette à Ambre, qui avait le nez barbouillé de confiture.

— Mais nous étions loin et incapables de revenir ! me suis-je exclamée.

— Nous avons été partis longtemps, renchérit Lucas.

— Oh, vraiment ? Papa regarda sa montre en riant. Ça fait à peine cinq minutes que Cassie est partie se laver les mains.

Je me suis appuyée à la table.

— Mais c'est impossible !

Le son d'une autre voiture qui s'approchait se fit entendre, et un VUS noir rutilant vint se stationner à côté de nous. Lucas fixa Trevor et son père sans y croire.

C'est à ce moment-là que, tous les deux, nous avons réalisé l'étrange réalité.

Les jours que nous avions passés sous terre avec Hank n'existaient pas ici. Hank avait raison de dire que le temps s'écoulait différemment : il avait reculé ! J'ai regardé ma montre et constaté que cela faisait seulement une minute et trente secondes que ma famille était arrivée à la Prairie de la panthère.

Lucas et moi étions revenus avant même d'être partis… ce qui était très mélangeant. Personne ne nous croirait si nous leur racontions la vérité, de sorte que nous sommes restés tranquilles tout en essayant d'agir normalement.

Toutefois, quelques heures plus tard, les choses devinrent encore plus complexes lorsque nous sommes retournés au Trèfle d'Or.

Madame Truelock sortit à la rencontre de notre fourgonnette. J'avais l'impression qu'elle nous attendait. Elle avait le visage rouge et des cheveux gris-bleu s'échappaient de son chignon. Quelque chose allait définitivement de travers.

— Je suis si contente que vous soyez de retour, lança-t-elle en s'arrêtant pour reprendre son souffle. On nous a encore fait une mauvaise blague.

— Que s'est-il passé ? demanda Papa en sortant du véhicule.

— Voyez vous-même ! Elle désigna la grange, sur laquelle quelqu'un avait peint un pot d'or géant. Juste après votre départ ce matin, le lutin a laissé ce message.

En m'approchant, j'ai réussi à lire les mots griffonnés sous le dessin. « Venez chercher mon or ce soir, quand la lune brillera. »

— C'est un défi, dit papa avec une étincelle dans le regard. Et je l'accepte.

— Soyez prudent, le supplia madame Truelock. Nous ne savons pas ce que ce petit farceur peut faire. Quand mon mari l'a surpris en train de peindre la grange, le petit monstre lui a jeté un sort qui l'a paralysé. Puis, effronté comme un page, il a fait des cabrioles autour de lui, affublé de ses escarpins dorés et de son chapeau vert pointu. Il avait ce rire effrayant qui me donnait le frisson. Et mon pauvre mari est resté figé sur place jusqu'à ce que le farceur s'envole dans ces arbres.

— Mais c'est impossible, ai-je chuchoté à l'oreille de Lucas. Hank était avec nous.

— Et il n'a jamais porté d'escarpins dorés, précisa mon frère.

— Alors, qui est ce petit farceur ? me suis-je demandé.

— Je pense que je le sais. Lucas serra les lèvres et regarda en direction de l'auberge. Et j'ai une idée pour le prouver.

Chapitre trente
Un appel inattendu

L'ÉQUIPE DE TÉLÉ DE PAPA SE TROUVAIT EN PLACE AU moment où un croissant de lune s'éleva très haut dans le ciel sombre. Le soir, la température chutait de façon draconienne, et tous portaient des manteaux chauds, des chapeaux et des mitaines. La productrice, Monica Dumano, lançait des ordres, et Fred, le caméraman, obéissait avec un sourire conciliant. Papa testa son micro sans fil en se déplaçant d'avant en arrière.

Lucas et moi étions cachés derrière la grange. Monsieur et madame Truelock observaient à partir du porche de l'auberge, en compagnie de nombreux invités. Personne ne voulait rater cet événement palpitant.

— Il est presque minuit, chuchota papa. Prenez vos positions et ne bougez plus, tout le monde.

Lucas me donna un coup de coude.

— C'est mon signal pour y aller.

— Où ? ai-je demandé, contrariée qu'il ne m'ait pas expliqué son plan.

— Faire un appel téléphonique.

— Si tard le soir ? Qui vas-tu appeler ?

Il sourit et partit sans répondre.

Soudain, à l'instant où il atteignait le bâtiment principal, il y eut une soudaine agitation dans la direction opposée. Lorsque j'ai regardé dans les bois, des lumières vertes clignotaient à travers les ombres des arbres, telles des fées dansantes. Un air de musique irlandaise flottait dans l'obscurité, et les lumières vertes devinrent de plus en plus brillantes.

Les membres de l'équipe de papa se mirent en place dans un concert de bruits de pas et de voix étouffées. Ils utilisaient une caméra à infrarouge pour filmer en vision nocturne et un équipement haute technologie pour enregistrer le son. Les battements de mon cœur s'accélérèrent et j'ai croisé les doigts.

Une petite silhouette aux cheveux roux, vêtue de vert, émergea des arbres. Sa peau dorée brillait, et sa large bouche se tordait dans un sourire grotesque. Elle secoua un pot d'or dans les airs.

— Attrapez-moi si vous le pouvez ! cria-t-il.

— Qui êtes-vous ? Papa s'avança, mais son équipe resta dans l'ombre.

— Vous aimeriez le savoir ? demanda le lutin avec un rire effrayant.

— Approchez pour que nous puissions nous parler franchement, dit papa.

— N'avancez plus ! Ou je vais disparaître et vous n'aurez jamais mon or ! cria le petit homme en bondissant très haut.

— Je ne veux pas de votre or. Je veux juste parler avec vous. Papa fit quelques pas en avant.

— J'ai dit : n'avancez plus, ou je vais vous transformer en lézard !

— Je suis impressionné. Seul un être possédant d'immenses pouvoirs peut opérer ce genre de magie incroyable. Papa avait l'air sérieux, mais je savais qu'il jouait le jeu. Il ne croyait ni à la magie, ni aux lutins. Il attendait seulement le bon moment pour démasquer le petit imposteur.

Mais s'il ne s'agissait pas d'un imposteur ? m'inquiétai-je. Et si le farceur *était bien* Hank ou l'un de ses amis déguisé ? Le joueur de tours était de la même grandeur que Hank. Et après tout, seule une créature venue d'un monde magique aurait pu paralyser monsieur Truelock ou voler dans les airs.

— Oui, je suis très puissant, se vanta le farceur d'une voix qui m'apparut soudainement être vaguement familière. Alors, n'essayez pas de jouer au plus fin avec moi.

— Je veux uniquement savoir ce que vous voulez, insista papa sur un ton amical. Pourquoi jouez-vous des tours ?

— Pour protéger mon pot d'or.

— Cela ne m'a pas l'air d'être vraiment de l'or, dit papa. Ce sont seulement des pierres peintes.

— Tous les lutins possèdent de l'or, s'exclama le farceur. Mon or est la source de mes pouvoirs et grâce à lui, je peux faire tout ce que je veux.

— Alors, prouvez-le. Montrez-moi un peu de magie, lança papa en avançant de quelques centimètres. Je percevais le bruit des caméras qui tournaient et je savais que Fred enregistrait chaque instant sur la pellicule.

— Restez où vous êtes ! Une main verte fit signe d'arrêter. Vous ne réussirez pas à me berner pour que je vous donne mon or. Je vais m'envoler…

— NON ! s'écria bruyamment un homme blond familier. Il passa à côté de papa en courant et saisit le lutin par le bras. Tu t'en viens avec moi !

C'était monsieur Tremaine.

— Qu'est-ce que tu penses que tu es en train de faire ? cria le lutin, son accent irlandais à présent disparu. Lâche-moi !

— Ce n'est pas le temps de faire des histoires, vociféra monsieur Tremaine en colère. Puis, il lui enleva son chapeau vert et sa perruque rousse.

— Trevor ! m'exclamai-je en me levant d'un bond.

— Papa, comment as-tu su ? Trevor martela le sol de ses escarpins dorés. Tu sais pourtant que tu ne dois pas interférer dans mon travail.

— Viens par ici et débarrasse-toi de cet accoutrement ridicule, ordonna monsieur Tremaine, impatient. Je t'expliquerai dans la voiture.

— Pas avant de nous avoir tout expliqué, dit papa en se plantant entre Trevor et son père. Qu'est-ce qui se passe ?

— Posez-lui la question ! Monsieur Tremaine montra monsieur Truelock du doigt. Il a embauché mon fils pour qu'il se fasse passer pour un lutin. Cette grosse farce était son idée !

Tous les regards se tournèrent vers le vieux propriétaire de l'auberge.

— Walter, est-ce qu'il dit la vérité ? demanda madame Truelock avec un sanglot.

— Je suis désolé, ma chérie. Son mari affichait un air honteux. J'ai fait cela dans l'espoir que les affaires iraient mieux.

— *Mieux ?* hurla-t-elle. En faisant peur aux invités et en ruinant les chambres ?

— Je n'ai rien eu à voir avec ces vilains tours.

— Mais tu as embauché un acteur pour jouer le rôle d'un lutin ?

— Seulement après avoir constaté que notre lutin faisait la une des journaux et qu'il attirait l'attention des shows de télé. J'ai cru que c'était notre chance de connaître la célébrité. Mais je voulais m'assurer que monsieur Étrange aurait quelque chose à filmer, alors, j'ai embauché Trevor.

— Et je vous ai tous eus, fanfaronna Trevor. Jusqu'à ce que mon père s'en mêle, ajouta-t-il en jetant un regard furibond à son père.

— Mais il le fallait, Trev, se justifia monsieur Tremaine, tout excité. Nous avons reçu l'Appel.

— *Non !* De Léon ? Les yeux de Trevor sortirent presque de leur orbite.

— Oui ! L'adjointe de Léon a retrouvé ta trace et elle veut que tu passes l'audition demain après-midi à Los Angeles, pour un premier rôle dans un film Goldstone.

— Alors, pourquoi perdons-nous notre temps ici ? Trevor pris la main de son père. Partons.

Personne ne les empêcha de partir. Ils n'avaient commis aucun crime — enfin, pas exactement. Et l'équipe de papa était occupée à interviewer les Truelock. Ils filmèrent la fausse perruque rousse, et monsieur Truelock expliqua comment il avait installé une corde dans les arbres pour donner l'impression que Trevor volait. Il ne put pas expliquer les poissons dans la piscine ou les chaussures suspendues à l'arbre, mais personne ne sembla s'en préoccuper.

Tandis que l'on terminait le tournage, papa fit face à la caméra et, arborant un grand sourire, conclut avec la phrase qui était sa marque de commerce : « Et maintenant, vous savez pourquoi je n'en crois pas un mot. »

Chapitre trente et un
Retour aux Splendides

L UCAS ET MOI N'AVONS PAS EU LA CHANCE DE NOUS
parler seul à seul jusqu'au matin suivant, pendant que je faisais mes valises pour notre départ.

— Des tas de surprises hier soir, ai-je dit en souriant. N'est-ce pas, Léon ?

— Ça a marché, non ? répliqua-t-il en s'esclaffant. Je me sens presque coupable d'avoir joué ce tour à Trevor. Mais il était insupportable, et il n'arrêtait pas de se vanter qu'il aurait un rôle dans un film Goldstone. Qui sait ? Peut-être l'aura-t-il.

— Et quand papa diffusera son émission, Trevor sera encore plus célèbre. Je parie que cette auberge va devenir célèbre aussi, ai-je ajouté.

— Probablement, acquiesça Lucas. Les visiteurs vont réserver des mois à l'avance pour séjourner dans la grange.

— Ils peuvent la garder, ai-je décrété en riant. Je suis prête à rentrer chez nous et à revoir Rosalie.

— Tu pourrais aussi te contenter de regarder dans ta boule de cristal.

— J'ai essayé à quelques reprises, mais cela ne fonctionne plus.

— Peut-être bien que ça marche seulement dans le monde de Hank, suggéra Lucas.

— Peut-être, répétai-je en finissant de mettre mes vêtements dans ma valise.

Mais j'avais l'impression que la magie n'était pas encore terminée.

Ça ne faisait que commencer.

* * *

Durant tout le long trajet du retour, j'ai regardé par la vitre de l'auto, perdue dans mes pensées. Je me sentais un peu triste de quitter le mont Shasta,

Hank, Maristella et Jennifer. Mais j'avais très hâte de revoir Rosalie.

J'ai toujours pensé que c'était elle qui avait les meilleures idées, mais elle avait affirmé à ses amies du Club des Splendides que j'avais de bonnes idées. Peut-être avions-nous toutes les deux raison. Le fait d'être les meilleures amies nous donnait les meilleures idées quand nous étions ensemble. C'était bien plus important qu'un club d'élite.

Mais passerait-on beaucoup de temps ensemble à mon retour ? Elle faisait toujours partie du Club des Splendides, et mes parents n'avaient pas changé d'opinion quant à mon adhésion. Bien sûr, je pourrais profiter d'un laissez-passer d'invité une fois ou deux. Mais je serais toujours laissée pour compte, à moins d'attirer à moi les filles des Splendides.

Si j'avais été capable d'aider Hank à se faire des amis, peut-être pourrais-je en faire autant pour moi-même.

Lorsque nous sommes arrivés à la maison, mon carnet de notes était rempli d'idées.

J'ai couru au téléphone et j'ai appelé Rosalie. En entendant ma voix, elle s'est écriée :

— T'es revenue ! J'arrive !

Ensuite, nous avons planifié chacune de nos journées pendant une semaine, jusqu'au jour P : le jour du party.

Cinq filles — plus Rosalie — vinrent chez moi pour une « Chasse au trésor ». Lucas avait dessiné les cartes, Rosalie et moi avions acheté les prix, et maman avait préparé ses plus savoureux gâteaux santé.

Nous avons formé deux équipes et passé des heures à suivre les indices. Lucas avait fait un super boulot avec les cartes. C'est parfois très pratique d'avoir un frérot surdoué. Et après avoir trouvé tous les prix, nous avons mis une vidéo et nous nous sommes régalées de maïs soufflé et de jus de fruits.

C'était splendide ! Comme d'avoir le paradis chez soi.

Ensuite, à mi-chemin du film, nous avons manqué de maïs soufflé, et je me suis levée pour aller en refaire.

En passant devant le bureau de papa, je l'entendis parler au téléphone. Quelque chose dans le ton de sa voix m'obligea à m'arrêter et à tendre l'oreille. Lorsqu'il raccrocha, il constata que je me tenais dans l'embrasure de sa porte.

— Alors, tu as entendu ? demanda-t-il sur un ton solennel.

J'ai ravalé ma salive en indiquant que oui.

— Qu'est-ce que tu en penses ? Cela pourrait devenir mon émission la plus excitante à vie. Devrait-on penser à organiser un autre voyage familial ?

— Je ne veux plus m'éloigner de Rosalie, ai-je répondu.

— Alors, tu l'emmèneras ! dit papa en souriant.

— Pour de vrai ?!

Il fit un signe affirmatif.

— Ce serait génial !

— D'accord, je commence à planifier ce voyage. Dans deux semaines, nous irons voir une sirène.